La couleur des âmes blanches

©2021. EDICO
Édition : JDH Éditions

77600 Bussy-Saint-Georges. France
Imprimé par BoD – Books on Demand, Norderstedt, Allemagne

Réalisation graphique couverture : Cynthia Skorupa

ISBN : 978-2-38127-163-7
Dépôt légal : juin 2021

Le Code de la propriété intellectuelle n'autorisant, aux termes de l'article L.122-5.2° et 3°a, d'une part, que les copies ou reproductions strictement réservées à l'usage privé du copiste et non destinées à une utilisation collective , et d'autre part, que les analyses et les courtes citations dans un but d'exemple et d'illustration, toute représentation ou reproduction intégrale ou partielle faite sans le consentement de l'auteur ou ses ayants droit ou ayants cause est illicite (art. L. 122-4).
Cette représentation ou reproduction, par quelque procédé que ce soit constituerait une contrefaçon sanctionnée par les articles L. 335-2 et suivants du Code de la propriété intellectuelle.

Philippe Buffarot

La couleur des âmes blanches

JDH Éditions
Nouvelles pages

« *Le temps est ce que tu en fais.* »

Proverbe vietnamien

C'est un déluge. Une symphonie de gouttes sans fin. Une partition jouée et rejouée à l'envi, *tempo allegro, mezzo forte*. À l'évidence, les moteurs de recherche disaient vrai : la saison humide dans cette région du Sud Vietnam commence bien au mois de mai. Le ciel se moque éperdument de la terre saturée. Il déverse en continu l'eau emmagasinée depuis des mois. Il n'a que faire des imprudents qui empruntent ces routes devenues mares géantes. Pour la première fois de sa vie, Dimitri concrétise le sens du mot « mousson ». Subir une telle pluie est une première, qu'il n'est pas près d'oublier. L'eau ruisselle le long de sa nuque, sur ses mains, ses chevilles nues. La vitesse du deux-roues dont il est passager accroît cette sensation d'humidité envahissante. Régulièrement, il resserre ses bras autour de la taille de son conducteur, afin d'assurer sa prise. De temps à autre, il tourne la tête pour tenter d'apercevoir Sabine sur l'autre moto-taxi. Au fil des kilomètres, il l'aperçoit tantôt devant, tantôt derrière la sienne. Dimitri s'amuse de ce petit chassé-croisé. Avec leurs vestes de couleur vive, a priori imperméables, on pourrait les prendre pour deux personnages de jeu vidéo juchés sur des bolides de fortune. S'il se sentait plus à l'aise pour comprendre l'anglais de son chauffeur, il tenterait bien de l'interroger sur la distance restant à parcourir. Mais les conditions d'un dialogue constructif ne sont pas vraiment réunies. Dimitri prend son mal en patience, se persuadant que le rideau de pluie va bien finir par s'ouvrir pour laisser place à autre chose. Dans ces circonstances, mieux vaut se laisser guider par la musique de sa bonne humeur. Et Dimitri ne s'en départit jamais. Ces longs mois de discussions, d'attente, de démarches administratives, d'espoirs repoussés, n'ont pas entamé sa détermination. Aujourd'hui, le but est tout proche, et ce n'est pas la météo, même dantesque, qui viendra perturber l'aboutissement. Dimitri sait que sa femme est dans le même état d'esprit que lui. Ce projet, c'est d'abord celui de Sabine, devenu le leur. Le projet d'une vie. De leur vie. Le paysage continue de défiler, les éclaboussures provoquées par les roues de la moto sont de plus en plus impressionnantes. Les gerbes d'eau soulevées retombent imparablement sur l'équipage. Percevant une baisse de l'intensité de l'averse, Dimitri recentre son attention sur la nature environnante. Malgré la visibilité réduite, le panorama est à couper le souffle. Sur quelques kilomètres seulement, l'exotisme le plus varié resplendit. La forêt luxuriante et accueillante paraît si proche. Elle dissimule un réseau de canaux et de mangroves qu'elle veut rendre mystérieux. Des oiseaux paisiblement perchés quittent leur poste d'observation pour retourner à leurs nids. La chaîne de montagnes semble à portée de main. Dimitri lui trouve un aspect irréel, comme posée dans le décor pour réaliser des photos de cartes postales ou des émissions de télévision. Au loin, le delta du Mékong apporte une incroyable touche de jaune dans le gris ambiant.

Enfin, le rythme de la pluie ralentit. Puis ralentit encore. Sa musique devient plus douce, comme des petites notes jouées par intermittence. Le moins que l'on puisse dire, c'est que Sabine n'est pas fâchée de cette accalmie. Cette région du monde est résolument pleine de contrastes et de surprises. Elle se remémore les soirées d'hiver passées à préparer ce voyage et la découverte de ces terres inconnues. Depuis le début de l'aventure sud-asiatique, vis-à-vis de ce pays inconnu, elle est partagée entre deux sentiments. D'un côté, une envie sincère de le découvrir, de s'imprégner de sa culture : cette démarche sera nécessaire pour construire, à trois, la vie de demain. De l'autre, cette crainte qu'elle ne peut réfréner : ce pays n'est pas le leur, puisse-t-il ne pas mettre une distance entre eux, un jour, dans quelques années. S'efforçant d'oublier qu'elle est trempée jusqu'aux os, elle fait défiler le film de ces derniers mois. Des premières rencontres avec l'association au bonheur d'une délivrance : l'obtention de l'agrément. Une journée inoubliable. Le début d'une nouvelle vie. Qui va connaître une étape fondatrice aujourd'hui.

Sabine est tirée de ses pensées par le changement de paysage, qui laisse désormais entrevoir des premiers bâtiments, des rues, une ville. Les motos ralentissent à l'approche du quartier recherché. Roulant désormais à sa hauteur, Dimitri lui adresse un sourire facétieux, mimant l'essorage d'un vêtement. Quelques centaines de mètres plus loin, ils sont arrivés. Comme souvent dans les rêves faits cent fois, le bâtiment qui se dresse face à eux ne correspond pas à ce qu'ils avaient imaginé. En forme de U étiré, son architecture pourrait évoquer celle d'une école maternelle occidentale. Il s'en distingue, sur sa partie centrale, par un petit toit en forme de pagode. De minces piliers blancs étayent sa façade rose. Une cour intérieure agrémentée d'une fontaine abrite de maigres arbustes fleuris. Le couple est accueilli par la correspondante de l'association, accompagnée par une responsable de l'établissement. Main dans la main, Sabine et Dimitri sont conduits jusqu'à une petite pièce faisant office de bureau. Ils sont aussi émus que surpris par le calme qui règne dans le bâtiment. Pas de cris d'enfants. Ni pleurs ni éclats de rire.

— Welcome, leur répète la responsable, une dame d'un certain âge, de petite taille, au visage avenant.

Elle leur tend une serviette qu'ils acceptent bien volontiers, épongent leurs visages et leurs avant-bras ruisselants. Comme prévu, la correspondante, qui sert d'interprète, leur confirme que tout est en règle, et que leur enfant les attend. Elle leur remet un document à joindre au livret de famille français, une série de photos sous pli cacheté et un maigre baluchon contenant quelques vêtements. À cet instant, Dimitri entoure les épaules de sa femme, il sait que son cœur bat à cent à l'heure. La correspondante explique qu'ils peuvent passer un moment ici, avant de regagner leur hôtel quand ils le désirent. On les guide jusqu'à une pièce plus grande, aux murs gris décorés de dessins enfantins. Tandis que Sabine tire de son sac la petite peluche préparée pour ce grand jour, la responsable de l'orphelinat fait son retour dans la pièce, mais pas seule, cette fois-ci.

Elle est là. Une poupée. Magnifique, presque irréelle. Leur enfant. Elle n'est plus un bébé, pas encore une petite fille. Sa main est tenue par une main adulte qu'elle n'a pas l'air décidée à lâcher. Ses cheveux noir de jais sagement coiffés forment une frange bien droite. Ses yeux innocents sont en éveil interrogatif. Sa bouche bien dessinée exprime une moue curieuse. Campée sur ses jambes du haut de ses deux ans, elle semble accrochée à son accompagnatrice, comme si leurs corps formaient le prolongement l'un de l'autre. Sa petite robe bleue, soigneusement préparée pour l'occasion, lui donne une allure d'écolière en uniforme. Plus émue que jamais, Sabine s'approche prudemment de sa fille, suivie de près par Dimitri. Le couple est ensemble, mais sur une autre planète. Le temps s'arrête. La nouvelle maman s'accroupit près de son ange et lui murmure :

— Bonjour, ma chérie, papa et maman sont là, tu vois. Nous avons fait un long voyage pour venir te chercher.

Joignant le geste à la parole, Sabine caresse doucement les cheveux, puis la joue de l'enfant, et c'est au tour de Dimitri d'initier un contact physique en effleurant sa main. Elle est l'innocence, interloquée. Ils n'ont d'yeux que pour celle qui leur fait face timidement. Tous les trois sont seuls au monde.

La correspondante leur adresse un large sourire, ému et bienveillant, puis leur demande :

— Quel prénom va-t-elle porter, désormais ?

— Émilie, répondent à l'unisson les deux parents. Les Émilie aiment communiquer et aller vers les autres, mais pour cela, il faut d'abord gagner leur confiance, ajoute Sabine, comme pour justifier le choix du prénom.

— Elle aura besoin d'un peu de temps, c'est sûr, mais vous saurez vous y prendre, je n'ai aucun doute. Et vous savez que nous sommes là, si vous avez besoin.

— Oui, répond Sabine en se relevant et s'adressant aux deux femmes, j'en profite pour vous remercier de nouveau pour tout ce que vous avez fait jusqu'à présent, pour elle et pour nous.

Tandis que la responsable de l'orphelinat s'adresse assez longuement à eux dans sa langue maternelle, Sabine et Dimitri se tournent vers la correspondante qui marque un temps d'arrêt, puis leur dit :

— Elle souhaite une longue et heureuse vie à votre enfant et à votre nouvelle famille. Elle dit aussi que vous avez choisi un très joli prénom. Elle vous demande de ne pas oublier une chose : votre fille est née « Ky Duyên », vous vous souvenez de ce que cela signifie ?

— Et nous ne l'oublierons jamais, promet Sabine. « Ky Duyên » veut dire « heureuse coïncidence ».

Depuis qu'il est tout petit, Arthur aime la nuit. Pourquoi, il ne le sait pas vraiment. Mais aussi loin que sa mémoire puisse remonter, il n'a que de jolis souvenirs nocturnes. Alors que pour certains, la tombée du jour peut provoquer un sentiment de mal-être, voire d'anxiété, chez lui, c'est tout l'inverse. Il aime la façon dont les bruits s'estompent, se transforment, parfois sont remplacés par le seul bruissement du vent. Fasciné par la mue de la nature, des immeubles, des objets, quand l'obscurité les absorbe, il se laisse emporter par sa rêverie. Il imagine des formes nouvelles qui vont au-delà de sa propre vision, créant un monde parallèle où tout est à réinventer. Un monde mystérieux, mais réel. Un monde dans lequel le temps ne s'écoule pas de la même façon.

L'un de ses meilleurs souvenirs : une soirée d'été et une nuit en complicité avec l'une de ses cousines. Pour la première fois de son existence, Arthur avait ressenti cette énergie particulière et exaltante de la nuit. Plusieurs enfants avaient été invités à la journée d'anniversaire, mais lui seul avait été autorisé à rester dormir chez Olivia, et surtout, tous deux avaient arraché l'autorisation de dormir sous la tente, dans le jardin. Installés côte à côte dans leur sac de couchage, ils avaient d'abord écouté les bruits de la nuit, les sons d'insectes, un peu effrayants. Puis, munis d'une lampe torche, ils avaient ri aux éclats en braquant la lumière sur leurs visages, créant les grimaces et les expressions les plus farfelues. Enfin, ils avaient bravé l'autorisation parentale, en sortant de la tente pour aller admirer le ciel noir rempli d'étoiles. Arthur avait joué au petit scientifique en expliquant à sa cousine ce qu'était la Grande Ourse et l'étoile dite du Berger. Ils avaient fini par succomber au sommeil après un énième fou rire, imitant des membres de leur famille, en forçant le trait.

Il fait maintenant nuit noire, et c'est encore plus impressionnant. Le flux de véhicules n'a pas diminué, les larges trottoirs des avenues restent encombrés de piétons à l'allure plus ou moins pressée. Les enseignes publicitaires géantes font concurrence aux illuminations des buildings. Un environnement assez éloigné du cadre de vie habituel de cette famille résidant en région parisienne. Arthur serait curieux de découvrir ce spectacle coloré vu du ciel. C'est comme si les habitants du monde entier, de toute origine et de toute condition, s'étaient donné rendez-vous ici pour une marche géante. Un dernier bloc franchi, et les lumières vives redoublent d'intensité.

— On arrive à Times Square, maman ! juge-t-il utile de préciser à sa mère.

Un nouveau selfie vient immortaliser l'instant, plongé dans la féerie des enseignes lumineuses démesurées. Sac au dos, casquette siglée NY bien vissée sur la tête, plan de la ville en main, il fait office de parfait petit touriste new-yorkais. Cette première soirée au cœur de Manhattan tient toutes ses promesses. Arthur réalise son rêve de découvrir cette ville qui avait tant exalté son imaginaire. Il se souvient du jour où, il y a un peu plus d'un an, ses parents lui avaient demandé quel voyage il aimerait faire pour son dixième anniversaire. Il n'avait pas hésité une seconde en répondant « *Big Apple* ». Fasciné par la mégapole, il a préparé le séjour en se documentant sur Internet et s'est constitué une sorte de *roadmap* personnelle sur un petit carnet. La deuxième partie du carnet est dédiée aux notes personnelles, Arthur transcrit au fil des heures ses découvertes, les sensations éprouvées. À l'angle de la quarante-cinquième avenue, son père propose de se mettre à la recherche d'un bar pour faire une pause. Les effets de la fatigue commencent à se faire sentir : huit heures de vol, contrôle, transfert à l'hôtel, premiers pas dans la ville, et maintenant, balade nocturne avec un enfant de dix ans qui mène un train d'enfer !

Les voici tous les trois installés autour d'une table, passant commande d'une bière et de deux *soft drinks*. Même si l'endroit est assez bruyant, ils apprécient ce moment de réconfort et de repos pédestre. Virginie et Jérôme sont comblés de voir une telle joie éclairer le visage de leur fils. Les regards croisés en disent long sur leur ressenti : Arthur leur donne tant de satisfaction. Un enfant qu'ils ont attendu si longtemps, désiré plus que tout. La vie en a décidé ainsi. Pendant des années, elle a mis à l'épreuve leur volonté, leur résilience, leur couple. D'espoirs déçus en certitudes brisées, pour eux, l'aventure de la parentalité n'a pas été un long fleuve tranquille. S'ils se sont souvent sentis désarmés face aux caprices de la nature, ils ont su s'épauler l'un l'autre. S'aider mutuellement pour effacer le doute qui immanquablement vous saisit, après un énième avis médical, l'échec d'un nouveau traitement. Les protocoles, les paramètres, les statistiques sont entrés à bas bruit dans leur existence. Combien de fois se sont-ils dit que cet univers de science et de chiffres les éloignait de l'essence même de leur projet : donner la vie. Cette magie humaine, aventure universelle et intemporelle. Ils ne demandaient aucune faveur, aucun passe-droit ni privilège, juste à participer eux aussi à la marche du monde. Au fond d'eux, Virginie et Jérôme savent combien cette épreuve a cimenté leur couple. Ce que d'autres voient comme un cliché, un témoignage factice d'émission de téléréalité, eux l'ont vécu. « Chaque femme et chaque homme sur Terre a un trésor qui l'attend, c'est écrit », avait affirmé Virginie à son mari, un soir où elle l'avait senti particulièrement désemparé. Rétrospectivement, cette phrase prononcée renfermait une part de mystère. Sur le moment, il ne l'avait pas perçu, pas plus qu'il n'avait pu en pressentir le côté prémonitoire. La dureté de l'attente ne rend-elle pas plus authentique, plus fort encore, le bonheur de devenir parents ? Peut-être. Sans doute. Durant toutes ces années, le projet de bébé a régenté leurs vies. Au point de risquer d'en perdre le contrôle. Jusqu'à ce que ce dessein évolue. Se concrétise sous la forme d'un petit garçon : Arthur. Un enfant unique. Leur unique enfant.

Au quotidien, c'est un plaisir de le voir grandir, s'épanouir, s'ouvrir à tant de choses. De par leurs nombreux échanges, ils font en sorte de répondre à sa soif d'apprendre. Tout en restant vigilants sur sa consommation d'écran : le dévoreur d'Internet, avide de connaissances, aurait tendance à repousser constamment les limites. À l'école, il est un élève attentif, participatif, qui fait l'unanimité auprès de ses enseignants. Sociable, toujours de bonne humeur, il est le copain idéal, très entouré et très sollicité.

— On peut reprendre sur la septième jusqu'à Central Park ? s'enthousiasme un Arthur désaltéré et déjà prêt à repartir d'un pas aussi décidé que le ton employé.

— Pas fatigué ? Tu veux pousser jusque-là ? Tu sais que le parc est très grand, on peut aussi revenir demain, on en profitera davantage de jour.

— OK, *Dad*, comme ça, on pourra aussi faire le zoo.

Vingt minutes plus tard, la petite troupe reprend sa marche, afin de regagner l'hôtel. Le chemin est long pour rejoindre Madison Avenue, la fatigue commence à peser dans les jambes. Arthur et ses parents n'ont qu'une hâte : s'enfouir sous une couette moelleuse et s'abandonner à un sommeil réparateur. Après une rapide douche pour se délasser, chacun se glisse avec délectation dans son lit, et Jérôme éteint les lumières en souhaitant une bonne et longue nuit à sa femme et son fils.

À cet instant, Arthur ferme les yeux et revit mentalement le vertige lumineux de cette soirée extraordinaire. Il se fait alors une promesse : dans quelques années, quand il sera adulte, il viendra vivre ici. Quel métier exercera-t-il, comment sera sa vie, il ne le sait pas encore, mais une chose est certaine : un jour, il sera New-Yorkais.

— Très sage, comme d'habitude. Même si j'entends toujours peu le son de sa voix. Cela viendra avec le temps. Le contact avec les autres enfants va contribuer à la faire évoluer. Il nous faut simplement rester patients.

— Vous avez sans doute raison, Martine, répond Sabine à la nounou de sa fille. Mais je ne peux m'empêcher d'être inquiète, vous savez ce qu'il en est. En tant que parent, on s'interroge en permanence. On se soucie de tout pour son enfant : son développement, sa croissance, sa sociabilité... et puis l'école arrive bientôt...

— Nous en avons parlé encore aujourd'hui. Elle ne pose pas de questions, mais le sujet a l'air de l'intéresser.

— J'ignore si elle se représente ce qu'est l'école, même si nous en parlons aussi beaucoup à la maison. Je file, bonne soirée, Martine, à demain.

Cette nounou est une perle, se dit une nouvelle fois Sabine, sur le chemin de la maison. Tomber sur une assistante maternelle expérimentée, aussi agréable et disponible pour sa fille, a été un véritable coup de chance. Cerise sur le gâteau, elle habite près de chez eux, ce qui permet de faire les trajets à pied. Aujourd'hui, c'était le jour de Sabine, qui a pu quitter sa pharmacie à l'heure prévue pour récupérer sa fille. Main dans la main, le petit sac d'Émilie en bandoulière à l'épaule de sa mère, le duo effectue le trajet désormais habituel. Déjà quatre mois se sont écoulés depuis leur retour du Vietnam. La famille, centrée vers la petite protégée, a pris ses marques. Un nouvel équilibre de vie s'est mis en place. Au travail, dans l'environnement professionnel de Dimitri comme à la pharmacie, le sujet fait parler. L'adoption passionne et suscite beaucoup de questions. Dès le début de l'aventure, une fois prise leur décision d'adopter,

Sabine a reçu le soutien de certaines personnes, ressenti la réserve d'autres. Prudemment, patiemment, Sabine et Dimitri entourent leur fille de marques d'affection, font en sorte de lui donner de nouveaux repères. Ils lui parlent beaucoup, tant pour la rassurer que pour favoriser son apprentissage du français. Quand les premiers mots « papa », « maman », « merci » sont arrivés, les parents étaient au comble du bonheur.

C'est l'été indien en ce mois de septembre toulousain. Dans une atmosphère très douce, cette petite marche est un véritable moment de plénitude. En traversant le pont Saint-Pierre, elles ressentent une légère fraîcheur exhalée par la Garonne. D'un niveau particulièrement bas, le fleuve s'écoule sagement, formant une mosaïque de reflets verts variés. Le soleil déclinant offre un jeu d'ombres aux imposants piliers de l'édifice. Le ciel sans nuages résiste au soir qui tombe pour répandre son bleu lumineux. Un peu plus loin, les façades de briques proposent diverses nuances de brun, mâtiné d'orangé pour les plus exposées aux rayons lumineux. Une boule de platane tombée au sol retient l'attention d'Émilie. Avec l'aval de sa mère, elle la ramasse et la garde dans sa main, sans doute en vue d'un examen plus attentif une fois arrivée à la maison.

— Les femmes de ma vie sont là ? interroge, sitôt entré, un Dimitri enjoué et impatient.

Comme chaque soir, il est sous le charme. Sa fille est si belle. Elle a donné un nouveau sens à sa vie. À leur vie. À l'extérieur, il ne parle que d'elle. Dans ses pensées, elle est constamment présente. Son temps libre, il a envie de le lui consacrer entièrement. Conscient de sa chance, savourant son bonheur, le papa poule se lance dans une série de grimaces, provoquant les éclats de rire de son petit ange.

« Alors, qu'est-ce que ça fait de devenir père à la quarantaine ? » À ce genre de questions, entendues à son travail,

Dimitri avait bien du mal à apporter une réponse. Pour lui, cette considération d'âge n'a pas de sens. Et puis, on ne devient pas père : on l'est, au plus profond de soi. Certes, c'est aussi un apprentissage de tous les jours. Mais un émerveillement de tous les instants. La saveur des bonheurs partagés avec son enfant, sa famille. Une remise en question permanente, en conscience de la fragilité de ce lien filial. Dans l'esprit de Dimitri, un père doit aussi savoir vivre cette relation privilégiée avec une dose d'insouciance. Car la vie peut réserver de bonnes comme de mauvaises surprises. Les événements ne se déroulent pas toujours comme on les a imaginés. La plupart de ses amis se sont mariés avant l'âge de trente ans, ont eu deux ou trois enfants en quelques années. Lui a rencontré Sabine à un âge plus avancé, et leur désir commun d'enfant s'est heurté à des réalités biologiques. Dès lors, comme à tant d'autres, on leur a expliqué que des solutions existaient. Dimitri se remémore cette période, le début du chemin. Des termes employés par le médecin, de ses efforts de pédagogie. De sa propre réaction à l'annonce des mots « procréation médicalement assistée » : voilà qui ne fait pas rêver, on est loin de la poésie de l'enfance.

La première phase, c'est l'espoir : l'éventail des techniques est large, il permet de résoudre de plus en plus de problèmes de fertilité. Sous leurs yeux, des exemples d'autres couples, dans des situations comparables, sont autant d'éléments de preuve. De justification de l'usage de ces méthodes. Voilà qui rassure. Et puis, Sabine sait, un peu : elle est pharmacienne. Sept ans d'études. Dimitri se souvient de l'impressionnante détermination de sa femme, de son engagement pragmatique. De son implication à lui, difficile, il le reconnaît volontiers. Était-ce cet optimisme, farouchement ancré en lui, qui le poussait à croire que les choses arriveraient naturellement ? Il avait eu du mal à masquer son scepticisme vis-à-vis de ces techniques. En réalité, il avait suivi sa femme dans son sillage plus qu'il n'était monté avec elle à bord du bateau.

La phase d'après, celle des tensions naissantes, n'est à l'évidence pas un bon souvenir. L'absence de résultats positifs, de signes encourageants, fait survenir les premiers non-dits. Lui-même se demandait si un fil était en train de se rompre, sans être capable de discerner lequel, ni même où le situer. Malgré le dialogue, toujours présent, de temps à autre, il se surprenait à douter autant de lui que de Sabine. Il y a parfois des nœuds bien trop serrés qu'on ne parvient à défaire. Il en avait pris conscience, ce qui l'avait rendu malheureux et, peut-être pour la première fois de son existence, furieux contre les aléas de la vie. L'être humain est soumis à la pression du temps qui passe. C'est ainsi. Aussi douloureux qu'inéluctable. À bien y réfléchir, comment un couple peut-il se déchirer précisément sur le fondement de son projet de vie, le plus profond, le plus intime ? Ils ne pouvaient en arriver à une telle extrémité. Plus rien n'aurait eu de sens. Ils ont eu le ressort et la force de s'épargner cela.

« Infertilité inexpliquée », selon l'expression médicale officielle. Des mots qui ont marqué Sabine, réduit à néant la fragile conviction de son époux. C'est lui qui l'a convaincue d'arrêter. Il fallait passer à autre chose. Prendre un peu de recul, s'offrir un nouvel élan. Se tourner vers l'adoption n'a nullement été un choix par défaut. La démarche leur est apparue le plus naturellement du monde. Après en avoir parlé, ils ont été rapidement en osmose, se sont surpris à le vouloir ensemble aussi fort. En femme de tempérament, Sabine a initié les démarches. Cette dynamique nouvelle, cette espérance plus vive chaque jour, n'était un renoncement à rien, mais le début de tout. Confiance retrouvée, volonté commune d'aller de l'avant : ils ont été totalement en phase dès le début de l'aventure. Les contretemps, les contrariétés inhérentes à un projet d'adoption ont soudé leur couple plus solidement encore.

Aujourd'hui, Dimitri veut avant tout jouir de ce nouveau rapport au temps. Fondamentalement, il a le temps, ils ont tout le temps devant eux. Le temps de se demander comment leur fille va grandir, évoluer, quelle grande personne elle deviendra, quelle sera sa vie. À cet instant, il se contente du spectacle enfantin qui s'offre à lui : une adorable petite fille qui étudie minutieusement une boule de platane.

— Allez, Arthur, lâche ta console et viens dîner, résonne la voix maternelle du bas des escaliers.

— OK, je descends !

Ainsi va la vie des pré-ados, se dit-il en dévalant les marches, soucieux de ne pas faire attendre ses parents. Les journées de cours au collège, les soirées à travailler, entrecoupées de moments de détente devant la console, et les repas en famille. Une vie rangée d'un fils aimant, bon élève et fidèle à ses compagnons : ordinateur et console de jeu. La passion des voyages ne l'a pas quitté, et depuis l'année du séjour à New York il y a deux ans, le trio s'est envolé à deux reprises pour une destination différente. Grâce à ses parents, Arthur a pu découvrir l'Europe centrale et la Méditerranée. Ses petits carnets de voyage ont continué de l'accompagner dans chaque pays.

— J'ai tchatté avec un pote qui rentre d'un super voyage en Asie, il a adoré ! C'est vrai qu'on n'est jamais partis là-bas, nous, lâche-t-il spontanément, tout en se servant généreusement du plat de gratin concocté par sa mère.

Aussitôt dit, il croit percevoir un regard fugace et intrigué entre Virginie et Jérôme.

— En effet, reconnaît son père, mais le monde est vaste et l'Asie aussi, tu as des envies plus précises de destinations ?

— On pourrait essayer le Vietnam ? surpris par sa propre réponse, car il n'avait pas spécialement prévu d'aborder le sujet.

À cet instant, dans la petite cuisine où ils ont l'habitude de partager leurs repas, les murs sont témoins d'un moment de gêne. Le silence est bientôt rompu par Virginie :

— Pourquoi pas, mon chéri. Tu sais, nous en avons souvent discuté, ton père et moi. Pour nous, il était évident que tu nous en parlerais un jour, et que ce moment-là serait forcément le bon moment.

Jérôme appuie le propos de son épouse d'un regard bienveillant.

— Zen, les parents, vous savez, je n'avais pas prévu qu'on parle de ça ce soir. Tout est OK, hein, je suis bien dans mes baskets ! Vous n'avez pas en face de vous un ado perturbé, je n'ai pas eu de flash dans la nuit du genre il faut que je retrouve mes origines ! Je suis né au Vietnam, vous m'avez adopté tout bébé, dans les grandes lignes, je connais mon histoire, donc tout va bien ! Mais voir le pays où je suis né, disons que ça pourrait être sympa, non ? Qu'est-ce que vous en pensez ? s'enthousiasme un Arthur soucieux de dissiper tout malentendu.

Au fond, elle n'est pas vraiment surprise. Connaissant le caractère entier de son fils, Virginie se doutait bien que le jour où il évoquerait la possibilité de se rendre « là-bas », il le ferait sans détour. Ce soir, il posera peut-être de nouvelles questions, à propos de sa vie d'avant, des circonstances de son adoption. Des souvenirs remonteront inévitablement à la surface. Elle lui dira de nouveau. Ils lui rediront, comme ils l'ont toujours fait jusqu'à aujourd'hui. L'adopter, c'était le choisir, lui, et personne d'autre. Cette connexion devait se faire, en juste récompense pour lui comme pour eux d'une longue attente. D'une grossesse qui dure des années. L'air de rien, il cherchera à glaner quelques détails, qui le rassureront, ou susciteront de nouvelles questions. Arthur est en âge de comprendre. Sa fine perception des choses, sa maturité les étonnent chaque jour. Sous la carapace de l'enfant de douze ans, une intelligence du cœur. Au-delà du parler « cash », selon sa propre expression, une subtilité de sentiments. Bien sûr, mon enfant, parlons-en, parlons de ce pays qui nous est quasiment aussi inconnu qu'il l'est pour toi. Projetons de nous y rendre si tel est ton désir. Partageons les images que l'on a gravées à jamais dans nos mémoires, lorsque nous étions là-bas. Partons sur leurs traces ensemble. Sache écouter, je pourrai te révéler tant de choses. Te dire que la première fois que je t'ai serré contre moi, sur ce sol lointain, c'était comme si tu venais au monde et que l'on te posait sur mon ventre de mère. Que te prendre dans nos bras a été une évidence dès la première fraction de seconde, dès le premier de tes souffles sur nos visages. Que nous nous étonnions, presque naïvement, qu'un être aussi petit puisse occuper autant de place, notre temps, nos pensées, nos cœurs. Le jour, la nuit. Pour peu que tu le veuilles, nous nous confions à toi. Mais tout d'abord, je suis sûre que ton père va prendre le relais.

— J'en pense que c'est une bonne idée, Arthur, rétorque Jérôme, adressant un regard complice à son fils. Tu sais, quand nous y sommes allés pour te chercher, nous n'avons pas vraiment joué les touristes. Bien sûr, nous avons découvert de très beaux paysages et des gens particulièrement accueillants, mais notre objectif à ce moment-là était centré sur toi et pas sur la découverte de ce beau pays. Qu'en dis-tu, Virginie ?

— Que j'y retournerais avec plaisir : tous les trois, ensemble, ce serait génial.

— Encore une fois, cool hein, ce sera pas un voyage originel. On partira comme d'habitude, le but, c'est vraiment de découvrir le pays, de voir le maximum de choses.

— À toi de nous dire ce que tu souhaites ; tu voudras peut-être voir l'endroit où nous t'avons vu pour la première fois, visiter l'établissement, interroge une Virginie hésitante.

— Oui, j'aimerais bien y passer, voir, mais on s'attardera pas ; je veux pas que ce soit formel, du genre on prend rendez-vous.

Plus chamboulé par le sujet qu'il ne veut le laisser paraître, Arthur réajuste machinalement son maillot de basket NBA trop grand pour lui. Il y pense depuis des années : partir à la recherche de ses racines, en quête d'on ne sait quelle vérité, très peu pour lui. Bien sûr, il aura plaisir à voir son pays d'origine, il lui semble naturel d'éprouver cette curiosité. Mais son envie profonde ne va pas au-delà de ce sentiment. Le passé, c'est le passé. « Le chinetoque », comme il l'a entendu tant de fois dans la cour de l'école, a grandi, s'affirme, et entend faire sa vie. Il est le fils de Virginie et Jérôme, un garçon heureux, satisfait de son existence. Et l'important, c'est l'avenir. Se construire. Voyager, autant que possible ; en effet, c'est par les voyages qu'il entend explorer le monde et ses secrets. Réussir ses études ; plus tard, trouver un job qui lui plaise. Et qui ne l'enferme pas dans un carcan pendant quarante ans. L'exemple de son copain de classe, l'an dernier, l'a conforté dans cet état d'esprit. Né au Laos, adopté tout comme lui, à l'entrée dans l'adolescence, il avait exprimé son mal-être en fuguant et laissant une lettre à ses parents. Le lendemain, les choses étaient plus ou moins rentrées dans l'ordre, mais pendant plusieurs mois, il avait fait part de ses états d'âme à ses copains les plus proches. Sa quête d'identité, forte et non satisfaite, provoquait un malaise en lui et une envie de tout remettre en cause. Sans rentrer dans une analyse approfondie, Arthur se sait hors de portée de ce genre de considération. De nature joyeuse, attaché à sa famille, il préfère se projeter vers l'avenir avec gourmandise. Mobiliser son énergie dans la découverte du monde, des autres, de la nouveauté. Et, dans un coin de sa tête, le moment venu, faire sa vie ailleurs. Dans un endroit de la planète où sa soif de vivre et d'apprendre seront le mieux satisfaites. Continuer de cultiver, comme depuis tout petit, son rêve américain.

Elles sont assises au bord du bassin, côte à côte, de l'eau jusqu'à mi-tibia, jouant à celle qui réussira le battement de pieds le plus rapide. Bien entendu, chacune remporte la victoire, à tour de rôle, en produisant le maximum d'éclaboussures. Sans trop prêter attention aux autres baigneurs. En ce samedi après-midi, Sabine s'octroie un moment avec sa fille à la piscine municipale. À six ans, Émilie ne sait pas encore nager, mais montre de belles dispositions pour l'eau. Dans le bassin, elle est à l'aise ; son enthousiasme, particulièrement démonstratif, a de quoi surprendre pour qui connaît sa timidité. Elle aime mettre la tête sous l'eau, faire le poisson, imiter la nage du requin. Ses mouvements désordonnés et énergiques, ses brassards disproportionnés qui enserrent ses bras si menus, ses éclats de rire, sont un ravissement pour sa maman. Une voisine, accompagnée de ses filles jumelles, les reconnaît et s'approche d'elles. Les mères de famille engagent la conversation, les enfants sont invitées à jouer entre elles. Pourtant, Émilie préfère s'amuser seule pendant que maman discute.

Ces deux petites filles, elle les connaît, elles habitent pas très loin de sa maison, mais d'habitude, elle joue pas avec elles. D'ailleurs, elles sont même pas dans la même classe. À la récréation non plus, elles jouent pas ensemble. C'est des jumelles : elles sont presque pareilles. Elles sont sœurs, mais pas comme les autres sœurs. En fait, elles sont sorties du ventre de leur maman en même temps. Elle, elle est pas comme les jumelles, elle le voit bien. À la piscine, on a pas de vêtements, donc on voit mieux le corps des enfants et des adultes. Sa peau à elle est pas de la même couleur. Les jumelles, quand elles sont en maillot de bain, ça montre bien qu'elles ont vraiment la peau toute blanche, pas comme elle. Elle a la peau bronzée. Bronzé, ça veut dire un peu foncé. Et ça reste tout le temps, toute la vie. Maman a dit que c'est parce que sa peau aime plus le soleil. C'est comme ça. Parce que là où elle est née, il y a beaucoup beaucoup de soleil. Donc ça fait la peau plus marron. À l'école, chez les plus grands, il y a un garçon qui est comme elle. Il a la même couleur de peau qu'elle, et aussi la même couleur de cheveux. Papa et maman ont dit que dans le monde, il y a énormément d'enfants qui sont comme ça. Ce sont des enfants qui sont nés au Vietnam, comme elle. Dans ce pays, qui est très loin de la France, il y a beaucoup beaucoup d'enfants. Parfois, ils ont pas de parents. Parce que leurs parents sont morts, ou qu'ils peuvent pas s'occuper d'eux, ou qu'ils ont même pas de maison. Alors, ces enfants vont dans des sortes d'écoles, pour pas rester tout seuls. Ils y mangent, ils y dorment. Ils y restent jusqu'à ce qu'ils deviennent adultes. Ils deviennent amis avec les autres enfants. Ça doit être dur pour eux, quand même. Parce qu'ils voient plus jamais leurs parents. Ni leurs papi, mamie. Et ils doivent pas sortir beaucoup, peut-être qu'ils vont jamais à la piscine ou dans des magasins. Tout ça, les jumelles le savent pas. Elles savent même pas où c'est, le Vietnam. Le Vietnam, c'est en Asie. C'est loin d'ici. Peut-être qu'elle ira un jour avec maman et papa, pour voir où c'est. Elle a de la chance d'avoir papa et maman. Il y a des enfants qui ont pas autant de chance. Il existe des enfants malheureux, même en France. Par exemple, ce sont des enfants qui ont une famille pauvre. Ou alors leur papa ou leur maman a une grave maladie. Sinon, au Vietnam, elle sait pas comment c'est. Maman et papa disent que c'est un peu comme ici, mais pas exactement pareil. Il y a aussi des routes, des voitures, des maisons, des magasins, des forêts, la mer, des écoles, des sortes d'écoles. Mais ça ressemble pas à ici. Quand les jumelles seront parties, elle pourra s'amuser encore avec maman. Elle fait exprès de pas jouer avec les jumelles, comme ça, elles s'en iront plus vite. Elles sont sœurs, elles sont déjà deux pour jouer. Avoir une sœur, ça doit être mieux qu'un frère. Elle aimerait bien avoir une sœur, à condition qu'elle soit plus petite qu'elle. Pour lui montrer les choses, lui expliquer. Et surtout, faire des jeux. Avec un frère, ce serait pas pareil. Avec un frère, on se fâche souvent parce qu'il embête les autres, il prend les jouets. À l'école, elle en parle pas de tout ça. Mais des fois, les autres en parlent. Ils posent des questions sur le Vietnam. Ils demandent pourquoi il y a des enfants qui sont adoptés. Il y a des copines qui sont curieuses, qui veulent *savoir comment ça se passe quand on est adopté. Elles comprennent pas que les faux parents, ça existe pas. On a ses parents et c'est tout. De toute façon, tout le monde a des parents. Nounou dit que les parents, dès que leur enfant est né, leur cœur devient plus grand. Même quand leur bébé arrive et qu'ils sont loin. Même quand ils le voient pas naître. Le bébé naît et, tout de suite, le cœur de la maman et le cœur du papa s'agrandissent. C'est pour ça qu'on peut être né partout dans le monde, les parents le savent forcément, parce qu'ils le sentent dans leur cœur. C'est vrai pour tous les enfants qui naissent. Aussi pour les enfants adoptés. Pour les jumelles, c'est pareil aussi. Quand on a des jumelles, ou des jumeaux, ça doit faire bizarre aux parents si leur cœur grossit deux fois en même temps ! Ils doivent bien le sentir. Quand elles repartiront de la piscine tout à l'heure, elle demandera à maman si un jour elle aura une sœur ou un frère. Et si ce sera un enfant adopté ou pas.*

Il observe le spectacle captivant du soleil s'effacer peu à peu derrière la ligne d'horizon. Moins par sensibilité à la beauté de l'instant que par réflexion exaltée sur ce qui viendra après. À l'image de l'astre évanoui, demain, il se lèvera curieux de savoir ce que la planète a fait pendant son absence. Appuyé au rebord de la fenêtre de sa chambre, Arthur assume une infidélité temporaire à son ordinateur. Le « lycéen de base », ainsi que l'appelle son père, se distrait en rêvant le monde, celui qui existe au-delà des murs de l'appartement familial. Il entend son appel, en ressent les innombrables stimuli, mais a encore du mal à décrypter la complexité de ses messages.

Depuis son entrée au lycée cette année, il a reçu cinq sur cinq l'inflexion du discours parental. Les choses sérieuses commencent, il s'agit d'obtenir des résultats réguliers, et de commencer à réfléchir à un avenir. Trouver sa voie. Tout un programme… Bon, il est vrai que le joker est déjà grillé : sa décontraction et sa légèreté dans le travail ont déjà abouti, il y a deux ans, à une année de redoublement. Le ciel se fait plus sombre, désireux de répondre à l'invitation de la nuit. Il ne résiste pas au plaisir de la faire attendre, sans pour autant être dupe, il sait bien qu'elle finira par l'envelopper irrésistiblement pendant quelques heures.

Un métier qui permet de voyager : voilà ce qui plairait à Arthur. Un job qui lui offrirait une kyrielle de crépuscules comme celui-ci, sur tous les continents. Le tourisme, les transports, le business international. Ou un domaine dans lequel il aurait développé une expertise particulière, l'amenant à donner des conférences dans le monde entier. Il s'imagine à la tribune, derrière un pupitre en plexiglas portant son nom, un immense écran derrière lui. Un auditoire acquis à sa cause, sagement installé, lui fait face, attend la démonstration. Micro en main, une hôtesse s'avance au milieu d'une allée : une première question fuse dans la salle. Arthur attend la traduction qui lui parvient dans son casque, puis répond dans un anglais impeccable, non dénoué d'humour. Le public l'applaudit une nouvelle fois. Demain, les articles de presse seront élogieux, à n'en pas douter.

Une salve de notifications sonores le tire de sa rêverie. Encore elle, sacrée cousine ! Le moins que l'on puisse dire, c'est qu'elle ne s'en lasse pas. Diffusion de photos sur ses réseaux sociaux favoris. Posts, vidéos, tutos : elle ne néglige aucun format. La princesse des stories. La prêtresse du hashtag. Il ouvre la messagerie instantanée :

— *Trop stylées tes photos, cousine !* (émoji clin d'œil)
— *Merci, il en faut pour te faire décrocher de ton ordi !*
— *J'étais en pleine méditation contemplative…* (émoji ange)
— *Oui, tu contemplais : les filles de la résidence !* (émoji éclat de rire)
— *Même pas ! Fait trop sombre… non, mais ça m'arrive de réfléchir tu sais*
— *Dis-moi cousin, suis curieuse*
— *Bah l'avenir, ce que je ferai plus tard, tout ça*
— *Âme d'explorateur, de voyageur, de baroudeur…*
— *Peut-être, mais ça fait pas un métier* (émoji personnage qui hausse les épaules)
— *Passe ton bac d'abord, tu verras bien après (phrase de boomer) lol*
— *Ça laisse un peu de temps, douce nuit cousine*
— *Bonne nuit cousin*

À présent, le ciel assombri consent à dévoiler quelques nuages fantômes aux contours étonnamment plus clairs. Immobiles, ils forment d'improbables créatures ; leur silhouette, tour à tour inquiétante, puis amusante, invite de nouveau Arthur à s'immerger dans un imaginaire ardent. Ce nuage est un dieu, dominant, autoritaire, il parle à voix basse pour ne pas éveiller les mortels. Il dicte les règles qui vont prévaloir dans le monde de demain. Ses volontés seront exécutées, il ne peut en être autrement. Son voisin, un dieu secondaire, l'écoute avec attention et dévotion. Prompt à transmettre les instructions à la communauté des hommes. Plus loin, un personnage aux allures de chevalier court vers un glorieux destin. Dans sa chevauchée, son armure se disloque et son heaume disparaît, une couronne de laurier recouvre maintenant son front. Il est champion olympique, monte sur la première marche du podium. La foule est autour de lui, il penche le buste en avant pour recevoir sa médaille, sa tenue sportive puis son corps se dissolvent, une stature se forme à nouveau. Il est président de la République du monde, celle réunissant tous les hommes. Il s'adresse à eux avec chaleur et enthousiasme, pivote lentement à trois cent soixante degrés pour n'oublier personne. Massés autour de lui, ils exultent, sont sans cesse plus nombreux. La scène sur laquelle il est juché s'élargit, s'anime, des ombres s'agitent frénétiquement. Il est rock star planétaire, chanteur universel. Il transcende les langues. La cadence qu'il imprime fait vibrer chacun d'eux. Sa musique est portée par le vent vers tous les continents. Tous la reconnaissent et battent en rythme, formant bientôt une pulsation géante, incontrôlée. Une onde s'envole, dépasse l'atmosphère, s'amplifie, se répand dans l'univers. Sous l'effet de cette puissance prodigieuse, il est projeté dans l'espace. Happé, ballotté, peu à peu, il reprend la maîtrise de sa trajectoire, sous l'effet d'une apesanteur aussi agréable que soudaine. Il est astronaute, visiteur privilégié du cosmos mystérieux et fascinant. Il flotte dans une mer sombre, s'abandonne dans un tourbillon, attend le moment propice d'une vague pour s'en extraire. Unique témoin de cette féerie spatio-temporelle. Quand il décrira ce qu'il a vu, on ne le croira peut-être pas. Quand il confiera ce qu'il a ressenti, on l'écoutera sans doute. Tandis qu'il interroge la Terre du regard, l'onde revient en un trait d'énergie lumineuse qui frappe violemment la surface du globe. Tout change. Une ère nouvelle s'ouvre, de créativité et d'invention. Il est celui qui montre les nouvelles voies, force les portes de la découverte. Il regarde là où personne n'a jamais posé les yeux. Il questionne l'insondable. Il parvient à percer le secret de la renaissance du monde. Quelle est sa raison d'être ? Préserver ce secret ou le faire partager par le plus grand nombre ?

Arthur referme sa fenêtre, éteint ses appareils et rejoint sa couette moelleuse. Demain, il se rendra au lycée, suivra les cours, animera les intercours. Il aura hâte que le cours de maths se termine, moquera la tenue de la prof d'histoire-géo, imitera le surveillant, amusera les potes par quelques vannes bien senties. Les filles s'approcheront pour ne pas en perdre une miette, il redoublera d'ardeur pour les faire rire. L'effet escompté fonctionnera, il en sera flatté, mais veillera à ne pas le montrer. En fin de journée, il reprendra le bus pour rentrer à l'appartement. Virginie et Jérôme auront probablement passé une bonne journée, et lui aussi.

Pour le reste, c'est la course des nuages qui décidera. Plus tard, un jour, cela arrivera. Il ne sait toujours pas ce que cela sera, mais il sait que cela se produira. Il espère juste qu'il ne sera pas déçu. Et que cela durera longtemps. Très longtemps.

— Vous avez deux minutes, Madame Emblard ?

Interpellée par l'éducateur de tennis, Sabine, venue chercher sa fille à l'issue du cours, est plutôt sur la défensive. S'attendant à un questionnement sur le mutisme d'Émilie ou des remarques sur son manque de communication vis-à-vis des autres enfants.

— Dites-moi, répond-elle de la façon la plus laconique, comme elle le ferait avec un client difficile de la pharmacie.

La stratégie du peu de mots, c'est celle qu'elle utilise, comme un réflexe. Ne pas se livrer, laisser venir son interlocuteur.

— C'est la première année d'Émilie au club, mais j'ai un doute : l'an dernier, vous l'aviez inscrite ailleurs ?

— Non, elle n'a pas fait de sport auparavant. Nous avons hésité l'an dernier, on nous a dit qu'elle avait à peine l'âge requis, et puis, au vu de son petit gabarit…

— Des tennismen dans votre famille, vous ou votre mari, peut-être ?

— Absolument pas, mon mari, c'est plutôt le running, et moi, la salle de sport. C'est un ami qui nous a suggéré d'inscrire Émilie au tennis. Grâce au sport, nous espérons qu'elle acquière plus d'assurance, qu'elle sorte de l'isolement dans lequel elle a parfois tendance à s'enfermer. Nous cherchons avant tout à la socialiser, lui apporter une plus grande confiance en elle. C'est une enfant adoptée… lâche-t-elle, presque à regret, comme pour justifier une démarche qu'elle n'a précisément pas besoin d'expliquer.

— Vous faites bien. C'est vrai qu'elle s'exprime peu, tant avec moi qu'avec les autres enfants. En revanche, raquette en main, elle sort du lot, je dois vous dire qu'elle est… impressionnante.

— À ce point ? Vous me surprenez, j'ai vu qu'elle se débrouillait bien, mais nous faisons en sorte de ne pas la regarder jouer, de la laisser autonome dans son activité.

— Madame Emblard, je suis dans le tennis depuis une vingtaine d'années ; certes, ce n'est qu'un modeste éducateur régional qui vous parle, mais des enfants comme votre fille, au même âge, je n'en ai jamais vu. Elle présente tous les signes de précocité. Elle assimile immédiatement ce qu'on lui dit, les gestes, les déplacements. Elle a le sens des trajectoires, c'est-à-dire que sa vision dans l'espace est totale, alors que les enfants de son âge n'ont pas encore — et c'est normal, car lié au stade de développement du cerveau — cette vision totale en trois dimensions. Ses facultés lui permettent de frapper la balle devant elle exactement au bon moment et, ce qui est incroyable, aussi bien côté droit que côté gauche, donc en coup droit comme en revers. Ce qui est rare également, c'est sa concentration. C'est la première fois que j'ai dans mon cours une petite fille aussi attentive du début à la fin. Elle applique aussitôt les consignes que je peux donner, sans en oublier une, et avec une telle facilité. Enfin, elle m'impressionne par son physique, car son petit gabarit est précisément un atout : en vélocité, elle surpasse les autres. Elle se déplace incroyablement vite, et aussi bien d'avant en arrière que latéralement. Bref, je sais que le mot peut sembler bizarre ou galvaudé, mais pour moi, Émilie est surdouée.

— Je ne sais quoi vous dire… Elle est encore petite… Vous savez, à la maison aussi, elle se montre très réceptive à ce qu'on peut lui dire. C'est une enfant calme et à l'écoute. Comment pensez-vous qu'il faille gérer ce qui n'est peut-être qu'une précocité ?

— À mon avis, cela va au-delà d'une précocité ; comme je vous le disais, elle est au-dessus des références dans tous les domaines. À discuter avec votre mari si vous le souhaitez, nous pouvons envisager deux choses : d'abord, changer Émilie de groupe, lui faire rejoindre un groupe d'enfants d'un an plus âgés. Puis, à l'été, commencer ce que l'on appelle une détection, au niveau fédéral : les meilleurs élèves de la région sont vus par des éducateurs d'un niveau plus élevé. À leur âge, cela se déroule sur un week-end.

L'éducateur la jauge du regard, sans signifier qu'il attend expressément une réponse.

— Vous avez raison il faut d'abord que l'on en parle à la maison. Je comprends que ce que vous proposez sera de toute façon bien pour elle, interroge-t-elle un peu naïvement.

— Rien ne presse, vous l'avez compris. Mais ce serait plus que dommage de ne rien faire. Vous savez, c'est moi qui vous parle aujourd'hui, mais le cas d'Émilie a déjà fait le tour du club…

— Alors, ce tennis, ça a gazé, ma puce ? s'enquiert Dimitri, de retour à la maison.

— Oui, papa, c'était bien, répond Émilie en observant le visage de sa mère, devinant que celle-ci a quelque chose à partager.

— L'éducateur est venu me parler. Il est convaincu qu'Émilie a des… prédispositions, explique Sabine, utilisant ce mot à dessein. Il propose de la changer de groupe et de la faire détecter. Pour cela, il a besoin de notre aval.

— Mais c'est une petite championne en devenir que nous avons là ! s'enthousiasme le papa en extase, prenant sa puce dans ses bras.

La saisissant aux aisselles, il la fait tournoyer, savourant son bonheur total.

Dans la soirée, une fois Émilie couchée, Sabine s'installe pour un moment lecture, lovée dans un long plaid épousant le confortable canapé d'angle.

— Tu sais, chéri, l'éducateur de tennis m'a parlé sérieusement, j'ai senti que c'était important.

— Si tu es d'accord, faisons comme il dit. Il a l'habitude des enfants, apparemment ? Il a de l'expérience, il sait ce qui est bien pour elle. Si ça peut stimuler notre petite chérie, je ne suis pas contre. Qu'elle se réalise dans le sport, je trouve ça très bien. Et puis on restera vigilants ; si ça va trop loin, on saura lui dire stop.

— Au karaoké ?! T'es sérieux, là ? C'est kitsch !

— Je t'assure, ça fait partie du trip. On est obligés de le faire. Sinon, on le regrettera toute notre vie !

Arthur tente de convaincre Amaury et Théo, ses deux acolytes, de le suivre dans ce programme nocturne. Il tient à la réussite de cette première soirée tokyoïte. Cette année, il a bien jeté son dévolu sur l'Asie. Mais le Vietnam attendra. Mise en pause des voyages avec les parents. « Arthur, c'est le fiston modèle, il part toujours en voyage avec ses darons ! » avait laissé échapper l'un de ses copains. Cette petite provocation amicale, en pleine discussion de bande, l'avait piqué au vif. L'avait touché par ce qu'elle disait de vrai. Il n'avait pas cheminé très longtemps pour ébaucher un plan alternatif. Si les séjours à l'étranger en famille étaient en effet la règle, cette année serait celle de l'exception. Virginie et Jérôme seraient à même de comprendre que leur fils ait envie de partager sa soif de découverte avec ses amis. Ce revirement soudain ne serait qu'une parenthèse. Une année de césure arrivant à point nommé.

Dès lors, le projet de partir entre potes a rapidement pris le pas. Leur BTS Tourisme en poche, les trois ont décidé de se lancer à la découverte du pays des mangas et des jeux vidéo. Sous l'impulsion d'un Arthur électrisé par une envie : s'immerger dans la plus grande ville du monde. Chacun a mobilisé ses économies, fruits de l'effort des jobs saisonniers. Arthur a même réussi, certains week-ends, à travailler ponctuellement comme chauffeur de véhicules de tourisme. Conduire de grosses voitures, cela lui plaît. Cette sensation de maîtrise, de liberté. Plus il y a de voies de circulation, plus il y a de trafic, plus il est à l'aise. C'est comme un jeu. Mais dans le respect des règles. Un peu à l'image de ses jeux vidéo : si tu veux gagner, aller le plus loin possible, tu peux aller vite, mais avec des déplacements contrôlés, et une attention de tous les instants. Savoir anticiper. Allier patience et énergie.

— C'est où l'endroit, déjà ? C'est loin de l'hôtel ?

Si Théo pose cette question, c'est qu'il est partant.

— Dans le quartier de Shibuya. C'est *the place to be* mondiale pour les karaokés. Les salles sont immenses, j'ai hâte de voir ça. À mon avis, il y aura plein de touristes étrangers, des Français, de tout, on va se régaler !

— Je te préviens, tu ne me feras pas chanter en japonais, *my friend* !

— T'inquiète, il paraît qu'ils ont tout le répertoire français de ces cinquante dernières années ; sur Dalida, on te soutiendra, on viendra faire les chœurs !

— Non, mais j'hallucine, qui chante sur Dalida ?!

Un peu plus tard, le trio se met en route. Amaury se fait chambrer par les deux autres, car il n'a jamais entendu parler de Patricia Kaas. Marche à pied et métro sont au programme. Arthur a beau avoir en tête les images de Manhattan, il faut reconnaître que les rues de Tokyo ne sont pas en reste en matière de densité de piétons. La foule est impressionnante. Tout comme la discipline dont font preuve les marcheurs. Comment est-il possible qu'aucune bousculade ne se produise aux intersections et aux passages piétons ? L'arrivée sur l'un des plus grands carrefours du monde renforce cette impression. Ça fourmille, mais dans le calme.

— Euh, on va vers où, là ?

— Par là. Dans cette zone, les passages piétons ne sont ni parallèles ni perpendiculaires entre eux, c'est un peu déroutant.

Il leur faut marcher encore un peu pour trouver la salle repérée par Arthur.

— Bah, c'est plus petit que ce que je pensais, mais c'est moins kitsch. Regardez, il y a déjà du monde. Et ça ressemble bien à des touristes européens, ça, on squatte leur table ?

La soirée dépasse toutes les espérances. Les trois amis sont plongés dans une ambiance, par moments délirante, au milieu d'autres touristes français, allemands, américains. C'est à celui qui lancera le défi le plus grotesque. Certains ont même déniché des déguisements improbables et chantent travestis en personnages de mangas. Dans un état euphorique, Arthur entraîne ses acolytes dans la salle la plus proche. Il a repéré un groupe de jeunes filles japonaises aux tenues plus excentriques les unes que les autres. Dans le plus pur style *kawaii*, toutes de rose vêtues, elles incarnent à l'évidence la jeunesse japonaise anticonformiste et déjantée. Se sachant observées, elles rient entre elles et redoublent de postures provocatrices, adressent à ces touristes européens médusés des regards équivoques. Le trio est impressionné par leur look extravagant, cheveux colorés, maquillage poussé à l'extrême. Troublés par l'apparence de certaines d'entre elles, dont ils se demandent si ce ne sont pas en réalité de jeunes garçons déguisés en filles ! Ils décident de regagner leur salle en laissant cette question en suspens. Puis vivent le clou de la soirée : Amaury, déguisé en Sacha (personnage de la série *Pokémon*), encouragé par quelques verres d'alcool fort et une bande d'Autrichiens surexcités, s'époumone sur un *Que je t'aime* de Johnny Hallyday, pour le moins revisité. Arthur immortalise la scène en filmant avec son smartphone. Un dossier sur un camarade, ça peut toujours servir un jour.

Le lendemain matin… soit vers quatorze heures… le trio part traîner sa gueule de bois dans un bar plus conventionnel situé en haut d'une tour. Les discussions ne tournent qu'autour de la soirée de la veille, chacun sélectionnant soigneusement les images postées sur les réseaux sociaux, et se gardant bien de mettre en ligne les vidéos les plus embarrassantes.

L'esprit encore un peu embrumé des excès de la veille, Arthur plonge son regard quelques dizaines de mètres plus bas. Là où les rues et les enseignes lumineuses forment des figures géométriques parfaites. Où les piétons sont des fourmis, affairées mais disciplinées. Décidément, Tokyo est un kif total. La mégacité qui ne s'arrête jamais. La ville ultramoderne où le champ des possibles est à l'image de ses gratte-ciels : immense. La mégapole fière de ses traditions et de ses temples historiques. L'endroit où trente-sept millions de personnes vivent en relative harmonie. Et Arthur s'y sent bien, lui, le citoyen du monde. Originaire de nulle part, il est chez lui partout. Né il ne sait où, dans la campagne la plus reculée du Vietnam, il se sent en phase avec ces lieux de forte concentration. Il en ressent l'énergie, les vibrations. Sa soif de découverte est à la fois satisfaite et renouvelée. Il y a tant à apprendre, à vivre, à ressentir. « Les habitants du monde ne l'habitent pas tous de la même façon. » Cette phrase, lue dans un ouvrage prêté par Amaury, l'a interpellé. Elle fait écho en lui. Il vit le monde à sa manière. Dans cette ville gigantesque, l'anonyme parmi tant d'autres recèle peut-être en lui un destin d'exception.

Les années ont passé. Il y a dix ans, un éducateur guidait les premiers pas d'une petite fille timide dans son apprentissage du tennis. Quel regard porterait-il aujourd'hui sur son intuition d'alors ?

— Allez, on fait un break d'un quart d'heure, étire-toi un peu, et pense à boire.

Au centre d'entraînement professionnel de tennis de Paris, Lionel, le coach des espoirs françaises, s'accorde aussi un peu de répit. Même s'il se garde bien de le montrer, il est impressionné par Émilie Emblard, qui a rejoint le Pôle depuis peu. Allongée sur le sol, les jambes fléchies posées sur la chaise, elle se relâche plus qu'elle ne s'étire. Qu'importe, se dit-il, son physique est tel qu'elle pourrait sans difficulté encaisser deux séances intenses d'entraînement. Combien de futures adversaires seront leurrées par son pas et sa silhouette gracile ? Il se demande s'il a déjà entraîné une fille de ce calibre. Elle a tout. Elle se déplace très bien, est adroite techniquement, sait alterner la puissance des coups et la précision et, élément majeur au tennis, semble avoir un mental à toute épreuve. On voit à son attitude sur le court toute sa détermination. Ce qui ne l'empêche pas de se montrer toujours à l'écoute et d'afficher un sourire constant. On tient là, peut-être, enfin, la grande championne française de demain.

— On s'y remet, Émilie ? Allez, alterne-moi du jeu court et du jeu long.

Il est vrai que l'évolution d'Émilie a de quoi étonner. La jeune fille affirmée a peu à peu pris la place de l'enfant douée mais effacée. La trajectoire est pour l'instant sans rupture ; il y a quelques années déjà, Sabine et Dimitri ont dû se rendre à l'évidence : le tennis allait prendre une place importante dans la vie de leur fille. En grandissant, Émilie n'a cessé de progresser, son niveau a évolué au fur et à mesure qu'elle rejoignait des structures adaptées. Lorsque le Pôle France l'a sollicitée pour intégrer son centre d'excellence, ses parents n'avaient quasiment plus qu'à avaliser une démarche à la fois naturelle et inéluctable. L'une des forces d'Émilie a été de toujours garder l'équilibre : poursuivre une scolarité, certes aménagée, mais de bon niveau. Son bac scientifique en poche, elle était en mesure d'envisager des études supérieures, plus particulièrement dans la santé. Mais le tennis prenait une place grandissante : entraînements devenus quotidiens, tournois, déplacements, et maintenant le Pôle. Tant d'éléments qui mettaient entre parenthèses, du moins pour le moment, toute poursuite d'études. En parents attentifs, Sabine et Dimitri étaient préoccupés par son avenir, mais confiants en elle. Rassurés par le fait qu'elle ait su évoluer, se forger un caractère, prendre des décisions tout en tenant compte des conseils reçus. Qu'elle ait en quelque sorte trouvé sa voie. Et qu'elle s'y épanouisse.

— OK, très bien, Émilie, on continue la même chose, mais sur une moitié de terrain.

Et la séance d'entraînement de se poursuivre, jusqu'à l'arrivée d'un responsable du Pôle.

— Bonjour, Émilie, alors, ce nouveau tortionnaire, comment est-il, sans pitié ?

— Bonjour, Monsieur Lefèvre, ça va, je survis.

— Je viens le surveiller un peu, ainsi que toi, par la même occasion. Côté installation, tout est OK, tu as pris tes marques ? N'hésite pas à nous dire.

— Tout va bien, je vous remercie, le cadre est top, je suis dans des conditions idéales.

— Je suis ravi que ça se passe bien. Émilie, voilà ce qui m'amène : dans un mois, nous avons un tournoi prévu aux US. Organisé par la Fédération américaine. Le plateau rassemble les meilleurs espoirs, filles et garçons, des fédérations des principaux pays. Nous avons bossé le sujet en amont, tu t'en doutes, notre petite délégation va se préparer. Mais nous aimerions la compléter d'un élément : toi. Même si tu viens d'arriver, ça pourrait être une opportunité sympa. Tu croiserais la route de jeunes joueuses venant d'autres pays, avec des cultures tennis différentes. Bien entendu, côté formalités et organisation, tout est prévu. Qu'en dis-tu ?

— Waouh, euh, là, comme ça… Je ne prendrai pas la place de quelqu'un, au moins ?

— Ce n'est pas le genre de la maison, Émilie. Ici, on fait les choses en transparence. Vous formez un groupe de huit : trois joueuses, trois joueurs, et deux coaches vous accompagnent, un entraîneur du Pôle et un fédéral. Vous avez de la chance, j'irais bien, moi, à New York ! Ah oui, que tu saches aussi : c'est surface rapide, en indoor.

— À New York ? … Je ne vois pas de raison de vous dire non, vous en voyez une ?

— Prends vingt-quatre heures pour réfléchir, parles-en à tes parents et tu me dis demain soir, ça te va ?

— C'est top, Émilie ! enchérit Lionel, une fois le responsable du Pôle reparti. Voilà une raison supplémentaire de bien bosser à l'entraînement, pour préparer au mieux ce tournoi, lui dit-il en souriant.

La séance reprend sur un rythme plus léger. Comme à son habitude, Émilie est concentrée. Elle s'applique sur ses gestes et reste attentive aux mots de son entraîneur. Mais les sensations ne sont plus les mêmes. Comme si les choses avaient changé dans cet environnement. Le feutre des balles est plus jaune. Le fond du court est plus large. La main qui tient sa raquette est plus moite. Ainsi, dans quelques semaines, elle va disputer une compétition internationale, sa première, à New York. Des papillons plein la tête, Émilie frappe encore plus fort dans la balle en pensant à ses parents.

Ça y est, c'est fait ! Arthur vient de clore la session Skype et referme, tout chamboulé, son ordinateur. Un sentiment d'euphorie l'envahit, le plongeant pendant quelques minutes dans un état fébrile, où mille pensées se bousculent. L'entreprise de location de véhicules vient de marquer définitivement son accord. Dans deux semaines, il débutera une nouvelle vie remplie d'inconnu. Départ à New York, installation, nouveau job. Tout cela paraît parfois trop beau pour être vrai.

Depuis le début du projet, tout s'est enchaîné de façon incroyable. Arthur en est le premier surpris. Même s'il a mis tous les atouts de son côté. Pour commencer, la précieuse recommandation d'un ami de son père : étant amené à se rendre régulièrement sur la côte est des États-Unis pour raisons professionnelles, il connaît bien les entreprises de véhicules de tourisme new-yorkaises et a fait de la publicité pour le petit *frenchie*. De son côté, Arthur a sérieusement travaillé son anglais : tous les jours, sans relâche, il a suivi des cours et des conversations en ligne. Un peu compliqué au début, mais les progrès ont été rapides. Le programme suivi était particulièrement dense, une vraie préparation de sportif. Au bout de quelques semaines, plus en confiance, il a pris contact avec WhiteLane. Un peu hésitant lors de son premier appel téléphonique, il n'a pu parler d'emblée au responsable du recrutement. Lors du second contact, celui-ci lui a proposé de planifier un rendez-vous en visioconférence. Deux rencontres successives, ainsi organisées à distance, ont suffi pour faire pencher la balance du bon côté. Arthur n'en revenait pas du ton cordial employé par son interlocuteur, cherchant manifestement à le mettre à l'aise, et des questions posées. Des questions très concrètes, orientées terrain, accompagnées de mises en situation. Parmi lesquelles :

« Prouve-moi qu'en toutes circonstances, tu sais te servir d'un GPS ! », « Que dis-tu à un client qui t'insulte parce qu'il estime que cela ne roule pas assez vite ? ». Arthur appréciait ces entretiens peu convenus et l'avait fait savoir à son interlocuteur. Au cours de ces échanges, il était resté le plus naturel possible et avait tout misé sur son principal atout : sa volonté farouche à concrétiser ce projet, à réaliser ce rêve de gosse. Sa faible expérience et son niveau d'anglais à parfaire seraient deux obstacles vite surmontés, à force de travail. Cette farouche détermination avait sans doute convaincu le recruteur qu'Arthur pouvait le faire. L'entreprise, quant à elle, avait un bénéfice à tirer d'un jeune Français : un capital séduction certain aux yeux des clients.

En parallèle, Arthur a géré toutes les démarches administratives liées à son départ et son installation sur le sol américain. De l'obtention de sa *Green Card* à la recherche d'un logement. La bonne surprise tient aussi au fait que WhiteLane s'est montrée particulièrement coopérative à son égard : OK pour sponsoriser sa demande de carte de résident permanent aux États-Unis, OK pour lui proposer un bon contrat d'assurance santé en cas d'embauche.

Pour trouver un toit, il a ratissé bon nombre d'annonces Airbnb, soumises au fil de l'eau à l'ami de son père pour avis éclairé. Il a fini par jeter son dévolu sur un minuscule studio dans le quartier d'Harlem. Le contrat de location d'un an lui laisserait le temps de trouver autre chose une fois sur place.

Tout est bouclé désormais, la nouvelle vie d'Arthur peut commencer. Reste un détail. L'annoncer à ses parents. Non pas que l'officialisation de cette nouvelle soit une surprise, car Virginie et Jérôme ont suivi au plus près l'évolution du projet. Mais pour le coup, le changement de vie va être radical. Lui, le fils unique qui, à vingt-quatre ans, vit toujours chez papa maman, partage tout avec eux, ne leur cache rien, va les quitter pour aller vivre de l'autre côté de l'Atlantique. Ces dernières années, il a quelque peu papillonné : missions de courte durée, humanitaires, parvenant tout de même à subvenir à ses besoins. Aujourd'hui, il est prêt à vivre une aventure professionnelle et personnelle à la mesure de son ambition. Tant de gens sont coincés dans leur vie, sans entrée ni sortie. Lui a pris le temps de soigner son entrée. Sans attendre, il rejoint en bas sa mère pour lui annoncer la nouvelle. Avant même qu'il ait prononcé le moindre mot, la lueur de ses yeux pétillants et le large sourire qui lui fend le visage parlent pour lui. En une fraction de seconde, Virginie comprend que la vie de trois personnes, dont la sienne, va être bouleversée.

« Waouh, c'est hyper étendu, je n'ai pas intérêt à me planter de terminal si je veux être à l'heure ! » se dit Arthur à l'approche de JFK. Au volant de son véhicule huit places, pour sa première mission à l'aéroport, il est un peu nerveux, les yeux rivés sur l'heure de son GPS. Au premier rang des exigences formulées par son employeur : la ponctualité. À plusieurs reprises, son manager a insisté sur cette règle numéro un : faire en sorte de toujours être à l'heure pour les clients, mais également arriver sur site avant l'horaire prévu, de manière à trouver le meilleur emplacement pour se garer et acquérir quelques repères visuels sur le proche environnement. Un bon chauffeur doit être dans les meilleures dispositions mentales pour accueillir ses clients. Dans le cadre de sa formation, Arthur a accompagné plusieurs chauffeurs confirmés qui lui ont communiqué quelques ficelles du métier. Délibérément, il n'a pas posé de questions sur leur histoire de vie personnelle à New York City, redoutant que l'un ou l'autre ne ternisse l'image extraordinaire et idyllique que lui peut en avoir. Pour l'instant, Arthur poursuit son adaptation sans trop de difficulté et s'habitue peu à peu à son nouveau cadre de vie. Pour se rendre à son travail, ou en dehors, il emprunte le métro, surpris par certaines de ses lignes, vieillissantes, au bord de la rupture. Ses horaires de travail sont très variables, jour, nuit, semaine, week-end, plutôt synchrones avec la ville qui ne dort jamais. Ce n'est pas pour lui déplaire, il croise des gens de profils très différents. Il a découvert que même les jours où il doit se lever très tôt, à quatre heures du matin, certains sont déjà opérationnels, quand d'autres partent même faire leur running. Chez WhiteLane, la bienveillance domine, chacun cherche à mieux le connaître et à l'assurer de son aide. La présence du jeune *frenchie* attise la curiosité et apporte une fraîcheur bénéfique à l'équipe. Quand certains se moquent gentiment de son accent, d'autres le mettent au défi de pratiquer quelques mots d'argot new-yorkais.

OK, on y est, se rassure Arthur après avoir repéré un emplacement idéal pour stationner. Une fois sa manœuvre assurée, il descend du véhicule, met sa veste et ajuste sa tenue. C'est la règle numéro deux : une présentation irréprochable, rasage, coiffure, costume, chaussures bien cirées, eau de toilette présente, mais sans excès. Muni de sa petite pancarte où figure le nom de son client, Arthur se poste près de son véhicule pour attendre les personnes prévues. Un groupe de tennismen et tenniswomen français, lui a-t-on dit. Ils viennent disputer un tournoi pendant une semaine. Il y aura donc des courses quotidiennes à assurer entre l'hôtel et le complexe sportif. En effet, les patronymes des joueuses et des joueurs sentent bon le pays ! Arthur imagine leur surprise à la vue d'un chauffeur « asiat » qui se met à parler dans un français impeccable. Les voilà qui approchent déjà, impossible de les rater, tous en tenue de sport, accompagnés de gros bagages et d'énormes housses de raquettes. Un petit groupe de filles et garçons, manifestement plus jeunes que lui de quelques années, s'avance dans sa direction. Un homme d'âge plus mûr les précède, probablement un responsable. Arthur ne peut réfréner une pensée : ces sportifs en sont certainement au tout début de leur carrière, par conséquent, ne pas se nourrir d'illusion sur le niveau du pourboire ! S'amusant de sa réflexion, prouvant qu'il est définitivement un New-Yorkais converti, il voit dans le regard du responsable que c'est bien son nom qui figure sur le petit panneau.

Il s'avance pour lui serrer la main et salue l'ensemble du groupe :

— Welcome to New York !

Les effets conjugués de l'horaire matinal, de la durée du vol et du décalage horaire font que ses clients ne se répandent pas en amabilités.

Tandis qu'il entreprend de ranger les bagages dans l'immense coffre du véhicule, son regard se pose par hasard sur l'une des jeunes filles. Immédiatement, il suspend ses gestes, déconcerté. Frappé par une vision soudaine, tellement inattendue. Si son cerveau a du mal à analyser la situation, sa vue est pourtant sans équivoque : son double, son pendant au féminin, en plus jeune, se trouve devant lui. La sensation, déstabilisante, de cette représentation de lui-même en fille n'est peut-être qu'un éclair hallucinatoire.

Arthur cherche à contenir son trouble, sa raison va reprendre le dessus. Le professionnel est en action et doit rester concentré. Relevant la tête pour s'emparer du bagage suivant, il jette un regard fugace vers les deux jolis yeux noirs, en amande, qui l'observent patiemment. Deux housses de raquette après, à la dérobée, il aperçoit un visage rond encadré par de longs cheveux sombres et brillants, qui semblent si lisses. Comme il achève son travail de chargement, il se dit qu'elle doit probablement les attacher quand elle joue au tennis. Une fois tout ce petit monde installé, le chauffeur débutant vérifie ses instruments de bord à la manière d'un professionnel confirmé et prend la route avec beaucoup d'assurance.

— Alors, comment s'est passé votre vol ? Contents de retrouver un compatriote, sitôt arrivés aux États-Unis ? s'amuse un Arthur décontracté et curieux de voir les réactions du groupe.

— Ah, vous êtes français ? Sympa ! On est un peu décalqués, là, je ne vous cache pas que l'on a tous hâte d'arriver à l'hôtel, lui répond le responsable qui a pris place sur le siège passager.

— À cette heure-ci, ça devrait le faire ; si tout va bien, dans quarante minutes, vous serez à bon port.

Coup d'œil dans le rétroviseur intérieur. Le groupe est calme. Les traits sont tirés et les jeunes gens parlent bas. Visage impassible de la belle inconnue. Elle converse avec sa voisine de siège, lui sourit légèrement. Ses lèvres fines et timides chuchotent, puis se taisent.

Au terme d'un trajet sans encombre, Arthur manœuvre son imposant véhicule près de l'hôtel. Il sait qu'il lui faut faire vite, pour éviter problèmes et contraventions. Il dépose énergiquement un à un les bagages de ses clients devant l'entrée du Pennsylvania.

— Bonne installation, et à demain ! glisse-t-il à ses Français.

Voyant leur surprise, il anticipe en leur indiquant qu'il sera leur chauffeur pour toute la semaine. Il est chargé d'assurer leurs trajets quotidiens entre l'hôtel et le complexe sportif. Il a été informé de leur programme et pourra les convoyer, le soir, en extra, s'ils désirent sortir. Tandis que les premiers membres du groupe s'engouffrent à l'intérieur du hall en quête d'une douche, Arthur regagne son véhicule en souriant.

Il est bel et bien là. Ainsi qu'il l'avait dit. Comme hier, impeccablement habillé, rasage et coiffure soignés. Il les accueille avec le même sourire charmeur observé la veille. Elle peut bien se l'avouer : Émilie y a pensé toute la soirée. Pendant le dîner avec le groupe, à quelques encablures de l'hôtel. Elle était présente, mais un peu ailleurs. Troublée. À la fois par une forme de ressemblance physique avec ce garçon et une impression de mystérieuse proximité. Comme si elle le connaissait de longue date, suffisamment pour éprouver un sentiment d'étonnante complicité. Alors qu'ils n'avaient échangé que peu de mots.

— Sympa, cette première nuit new-yorkaise ? interroge Arthur à la cantonade, une fois le véhicule chargé des housses de raquettes et les membres de l'équipe installés sur les confortables assises de cuir.

— Oh oui, on en a pris plein les yeux, c'était vraiment génial ! s'entend dire Émilie, qui a pris place sur l'un des deux sièges passagers.

Arthur est surpris de découvrir cette voix, à la fois douce et pleine d'assurance. Elle doit avoir du caractère, se dit-il, comme tous les sportifs de haut niveau. A fortiori dans un sport individuel comme le tennis.

— Je ne suis pas à New York depuis des siècles, mais je peux vous dire que c'est une ville incroyable, à la hauteur de sa réputation. C'est un rêve, de jour comme de nuit. La hauteur des buildings, ça fait cliché, mais c'est vraiment dingue, non ?

À cet instant, Émilie se demande quel est le degré de sincérité du beau gosse baratineur. Il doit être un peu plus âgé qu'elle, et probablement exercer ce métier depuis peu. Son look étudié et ses bonnes manières apparentes constituent le parfait piège à filles, ou le parfait piège à touristes pour obtenir plus de pourboire, ou les deux. L'observant discrètement, pour mieux le jauger, la jeune femme décide de savoir à qui elle a affaire.

— Vous êtes OK sur le trajet pour nous emmener au stade et venir nous chercher ?

— Rien de compliqué, vous savez, vous rentrez « USTA » dans ce GPS dernière génération et le tour est joué. Reste le problème du trafic.

— En fonction des bouchons, vous changez d'itinéraire ou vous suivez systématiquement les données satellites ?

— Je m'adapte ! Compte tenu des horaires auxquels je dois venir vous amener ou vous chercher au stade, il est clair que l'on ne suivra pas forcément le même trajet.

Tandis que leur véhicule pénètre dans le Queens, Émilie se demande comment leur chauffeur, si jeune et nouveau venu à New York, peut dégager autant d'assurance.

— C'est un peu comme au tennis, non ? Vous vous adaptez à l'adversaire, j'imagine, en fonction de son jeu, vous ne jouez pas de la même façon ? ajoute-t-il avec un clin d'œil.

— Pas faux, répond le coach, qui vient se mêler à la discussion. Le chemin de la victoire ou du match accompli est souvent versatile. Disons qu'en fonction de l'adversité du jour, il faut rester sur les grands axes ou, au contraire, emprunter un itinéraire bis.

— Et avec ce tournoi et tous vos matches, vous aurez quand même un peu de temps libre pour découvrir la ville ? demande Arthur au responsable.

— Assez peu, à vrai dire, juste nos soirées, car avec six joueurs-joueuses engagés, nous avons des matches tous les jours. Et quand je parle de soirées, j'entends soirées sages et couchers à heures raisonnables, sourit-il.

— Si vous voulez faire un extra un soir pour une petite virée, je suis votre homme ! propose Arthur spontanément.

Quel culot, se dit Émilie, on le connaît à peine et il nous propose déjà ses services personnels. C'est peut-être dans la culture new-yorkaise, ça va avec les *tips*.

— Mais pourquoi pas, répond le coach, on ne peut pas repartir de cette ville sans faire une petite virée, comme vous dites. Je vous redirai, mais jeudi soir, si vous êtes libre, ce serait bien.

— Une fois arrivés, je vous donne mon 06 perso, ce sera plus simple pour s'organiser, verrouille le jeune chauffeur.

À l'approche du site, gigantesque, Émilie se dit que leur conducteur a décidément bien du bagout et qu'il ne doute de rien. Tous ont les yeux rivés aux vitres, se demandant sur lesquels des vingt-deux courts de tennis ils vont jouer. Un aperçu du plus grand d'entre eux, le plus prestigieux, en forme de cuvette, fait passer un frisson.

— On joue sur plusieurs courts, les enfants, mais tous sont proches, donc pas de risque de se perdre, rassure le coach. Vous allez jongler entre les différents accès ? demande-t-il à Arthur.

— Ne vous en faites pas, ma boîte m'a fait passer le planning des matches, avec les numéros de courts et les horaires, je gère ! rassure le chauffeur enjoué. Vous n'allez pas vous débarrasser de moi comme ça ! Si j'ai cinq minutes, je pourrai même m'arrêter voir un bout de match !

Le véhicule garé, l'équipe au complet récupère le matériel et se dirige vers l'entrée du stade principal sous la conduite des coaches.

— *Good luck* pour vos matches, à ce soir, leur glisse Arthur avec entrain.

Il s'éloigne du groupe et, dans un geste réflexe, pose les yeux sur Émilie. Démarrant son véhicule, il a cette pensée : en la regardant, il regarde vers l'avenir.

Découvrant l'accueil qui leur a été réservé et les infrastructures, les jeunes Français sont pour le moins impressionnés. Tout est en taille XXL dans ce temple du tennis. Les courts ultra-modernes présentent des revêtements bleu azur flambant neufs. Autour, les hautes tribunes presque verticales sont déjà garnies de quelques spectateurs et prêtes à en accueillir des milliers. De part et d'autre des larges couloirs d'accès se succèdent d'immenses vestiaires, des salles de sport, de repos, de presse. Des lounge bars étalent leurs promesses liquides et solides à grand renfort de panneaux lumineux.

— Impressionnant, hein, les jeunes ?! Ça va être une super semaine pour nous tous, assure le coach qui ne cache pas son enthousiasme. Vous allez fonctionner en trinôme, et Patrice et moi, on tournera sur tous les terrains. Ne vous en faites pas, aucun d'entre vous ne sera livré à lui-même. On passe aux vestiaires, puis on vous le fait au brief dans une salle proche d'ici.

Une heure plus tard, chaque joueur et joueuse est muni de son planning de matches et du plan des courts et des accès. Les jeunes gens sont excités à l'idée de vivre cette expérience hors normes. La plupart, comme Émilie, n'ont jamais disputé de rencontres contre des adversaires étrangers. Dans un tableau à élimination directe, une Allemande, une Suédoise, puis une Américaine se dressent sur la route d'Émilie. Un sentiment d'exaltation mêlée de déception s'empare d'elle, car si elle parvient à se hisser en demi-finale, c'est une Française, sa compatriote Anne-Lise, qu'elle devra affronter ! Les deux comparses du centre d'entraînement de Paris décident de s'en amuser, au point de se donner ce challenge : se retrouver en demi-finale pour assurer une présence française en finale !

Après quelques dernières consignes collectives échangées, le point de rendez-vous est fixé pour le soir. Les coaches indiquent l'ordre dans lequel ils se rendront sur les courts, ils marqueront une présence plus ou moins prolongée en fonction du déroulement des parties.

Quelques instants plus tard, Émilie a trouvé son chemin parmi les trente courts du site. Une personne chargée de la sécurité lui adresse un signe de tête d'approbation à la vue de son badge d'accès. Après un passage aux vestiaires, la voici déjà sur le court, assise sur sa chaise, peaufinant son laçage chaussures et son grip raquette. Même si elle n'est pas de nature superstitieuse, Émilie se réjouit d'être arrivée la première sur le terrain. Son adversaire arrive, la mine plutôt souriante. Un peu coiffée comme elle, les cheveux soigneusement tirés, mais aussi blonds qu'elle les a bruns. Les tribunes au départ clairsemées se remplissent peu à peu. La jeune Française s'étonne de voir autant de monde un matin de semaine. Elle est heureuse et excitée de rentrer sans répit dans le vif du sujet, certains de ses camarades n'ont pas eu cette chance et doivent attendre de jouer dans l'après-midi.

Dès le début de l'échauffement, Émilie ne peut s'empêcher de chercher à jauger son adversaire. Elle observe à la fois sa gestuelle, sa façon de se déplacer, de frapper la balle, mais aussi ses gestes plus anodins, comme sa façon de ramasser ses balles ou de placer ses pieds avant de servir. Assez rapidement, elle perçoit une joueuse puissante, qui frappe fort, avec une gestuelle ample, mais peut-être plus vulnérable sur les déplacements. « Pas de pression inutile sur ces matches », leur ont répété les coaches, « vous êtes là pour prendre du plaisir et emmagasiner de l'expérience ». Facile à dire quand on se retrouve pour la première fois dans un tel contexte, avec plusieurs milliers de paires d'yeux rivées sur vous ! Les quelques mots échangés avec l'arbitre confirment à Émilie qu'elle doit poursuivre son apprentissage de l'anglais… L'essentiel est préservé, elle a compris les principales consignes, et le fait qu'elle débute la rencontre au service, de son côté préféré du court. « *Representing France… Eumeulie Emblaaaaaaaaard* » crachent soudain les haut-parleurs qui sortent de leur torpeur.

La partie s'engage devant un public désormais dense, mais plutôt passif. Les jeux s'enchaînent, et la jeune Française est soulagée d'observer que la tension est supérieure dans le camp adverse et provoque d'assez nombreuses fautes directes. Rester concentrée, ne pas penser que le match est acquis. Victorieuse de la première manche, Émilie se dirige tout droit vers sa première victoire internationale lorsqu'elle aperçoit, au changement de côté, le coach venu la soutenir. Cette présence la réconforte et ils échangent un petit signe de tête entendu. C'est alors qu'elle se rend compte que celui-ci n'est pas seul, mais accompagné d'un visage désormais connu… Arthur ! Ainsi, il a déjà réussi à se libérer et est venu la voir jouer. Décidément, il ne manque pas de ressources ! Tout à son match, Émilie ne se laisse pas distraire et poursuit son plan de jeu. Elle l'emporte en deux manches, assez facilement. Étonnée par son succès, néanmoins ravie, elle reçoit une belle acclamation du public qui avait manifestement pris fait et cause pour la *frenchie*.

— Bravo, Émilie ! s'empresse de féliciter le jeune chauffeur, tout à son aise, descendu au bord du terrain. La « *deutsche qualität* » ne pouvait résister à la classe française ! enchérit-il, tout sourire.

— Merci, elle a fait des fautes, répond modestement Émilie.

— En tout cas, une première victoire new-yorkaise, ça se fête ! J'ai repéré un bar qui fait des cocktails de fruits d'enfer, c'est ma tournée ! Je pars devant pour prendre une table.

— Il faut que je voie avec les coaches ce qu'il se passe maintenant, répond-elle, estomaquée du culot du jeune homme.
— C'est bon, je lui en ai parlé, c'est temps libre pour toi. Et tu as besoin de vitamines après ce bel effort !

Sûr de son fait, Arthur prend le timide sourire qui lui est adressé pour un oui sans réserve.

Les voici tous deux attablés dans un lounge bar bruyant aux décors futuristes. La jeune tenniswoman a profité d'une bonne douche et d'un rapide debrief avec le coach avant de rejoindre son invitant. Émilie se demande ce qu'elle fait dans cet endroit, si elle a été bien inspirée de se laisser guider ainsi, juste après avoir disputé son premier match. Arthur ne lui laisse pas vraiment le temps de se perdre dans ses réflexions et lance, avec son enthousiasme habituel :

— Alors, qu'est-ce que ça fait de jouer dans ce temple du tennis, là où les stars ont toutes débuté un jour ? C'est pas le grand kif ?

— C'est génial, et en même temps, je suis contente, car je n'ai pas vraiment ressenti de pression, lui répond-elle, haussant la voix, gênée par la musique californienne à peine couverte par le brouhaha ambiant.

— Ton coach n'a même pas immortalisé l'instant, lui rétorque-t-il, s'approchant d'elle, téléphone en main.

Elle se prête au jeu du selfie, puis lui glisse tout en malice :

— Pas de diffusion hein, sur aucun réseau, je dois contrôler mon image.

— Surtout qu'avec nos physiques respectifs, on pourrait nous prendre pour frère et sœur…

Sourire gêné. Émilie ne s'attendait pas à une telle réflexion. Tandis qu'il se redresse sur son dossier de chaise pour se donner une apparence plus sérieuse, elle se dit en elle-même que cette remarque n'est pas dénuée de fondement. Peau d'un mat subtil, mêmes cheveux noirs à l'aspect soyeux. Des yeux sombres semblables, surmontés de sourcils effacés, un nez assez large au-dessus d'une petite bouche ourlée de lèvres fines. Une corpulence svelte, de longs bras aux muscles dessinés. Et le plus troublant, quelque chose de commun dans le regard. Quelque chose qui appartient à la détermination, à la conviction, à la foi en l'avenir.

— J'ai été adoptée bébé, je viens du Vietnam, lâche-t-elle subitement, se sentant en confiance auprès de l'impétueux chauffeur de tourisme.

— Idem ! Moi, je ne m'intéresse pas trop aux détails de l'histoire. Je verrai ça plus tard.

— Moi, je sais tout. Mes parents m'en ont toujours parlé, depuis que je suis toute petite. Ils sont venus me chercher dans un orphelinat au sud du Vietnam quand j'avais deux ans. Je t'avoue que je n'ai aucun souvenir d'avant.

— Si ça se trouve, on vient de la même famille, t'imagines !

— Arrête, ce n'est pas drôle, comment peux-tu plaisanter là-dessus ?!

Arthur réalise subitement sa maladresse. On ne rit pas d'un sujet aussi intime, avec une personne que l'on connaît à peine. Émilie n'a sans doute pas le même vécu que lui. Ni le même rapport à ses origines. C'est peut-être pour elle un sujet sensible, voire douloureux. Il devrait pourtant être averti en la matière. L'exemple de l'un de ses camarades ayant mal vécu, à l'adolescence, la révélation de son histoire d'enfant adopté. Ou d'autres exemples dont il a entendu parler. Il comprend combien la quête d'identité est importante et même vitale pour certains. Même si lui n'est pas dans cet état d'esprit. Sa quête est celle de la découverte, de l'ouverture au monde et aux autres. La Terre et l'humanité sont-elles assez vastes pour lui permettre d'étancher cette soif ?

— Excuse-moi, je n'aurais pas dû ; sinon, pour ma page Facebook, c'est OK ? enchérit-il, facétieux, en montrant le résultat du selfie sur son mobile.

— Je devrais peut-être aller voir ce que font les autres, répond-elle, dans une sorte de tentative de fuite.

— Si tu veux bien, je t'accompagne, j'ai encore quelques minutes avant de repartir.

Ils quittent l'endroit surchauffé et bruyant et se dirigent vers le point de rencontre, dans une ambiance de silence gêné.

— Merci pour le jus de fruits, glisse-t-elle pour faire fondre la glace.

— Cocktail de fruits, rectifie-t-il, une championne internationale ne boit pas de vulgaires jus de fruits. Avec plaisir.

— Ton planning de travail va te permettre de venir tous les jours ?

— Ma mission est de vous amener et venir vous chercher tous les jours, après, je n'aurai que peu de temps en journée pour assister à des bouts de matches.

— Je ne t'ai même pas demandé si tu jouais au tennis ?

— J'ai déjà tapé dans une balle comme tout le monde, mais je préfère le basket. J'ai joué un peu au collège et au lycée. Mais depuis que je suis ici, je n'ai pas encore eu le temps de réaliser un rêve : assister à un match de la NBA.

— Si tu restes à New York, tu auras certainement la chance de le réaliser. Commence à épargner, car il paraît que le prix des places est en rapport avec les salaires des joueurs : énorme !

— C'est clair que ça coûte un max. Oui, j'ai l'intention de faire mon trou ici. Après, on verra, en fonction des événements ou des opportunités, j'irai où le vent me portera…

— J'aperçois Anne-Lise, l'interrompt-elle, faisant un petit signe de la main à sa compatriote en s'approchant d'elle. Imagine, elle n'a pas dû encore jouer.

La semaine se poursuit sans encombre. Arthur assume sa mission quotidienne sans jamais se départir de sa bonne humeur. Ses *jokes*, ainsi qu'il les appelle, apportent un peu de sel à la vie de groupe des espoirs du tennis français. En quelque sorte, il a peu à peu pris sa place dans ce groupe : conducteur, guide, animateur, spectateur quand il le peut. Par son assurance et sa joie communicative, il apporte convivialité et sourire. Chacune et chacun est heureux et reconnaissant de ressentir ces ondes positives, même si tous ont bien remarqué la relation particulière nouée avec Émilie. À l'issue du séjour, si les résultats sportifs sont contrastés, le groupe est ravi de l'expérience vécue. Les coaches sont globalement satisfaits du comportement des jeunes joueurs et joueuses. Et au fond d'eux, confortés dans leur avis sur untel ou unetelle et le potentiel d'avenir. À l'instar de Romain chez les garçons, Émilie fait partie des plus grandes satisfactions et réalise un très bon tournoi. Si la rencontre contre la joueuse américaine a été fatale, ses performances sur le court ont été d'un très bon niveau et confirment tout l'espoir que la grande famille du tennis place en elle.

— Voilà, championne, tu as tout.

Arthur vient d'adresser par WhatsApp à Émilie l'ensemble de ses coordonnées sur les différents réseaux. Le dernier transfert, de l'hôtel à l'aéroport, a été plus silencieux que d'habitude. Tout le monde a intégré le fait que l'aventure new-yorkaise était bel et bien terminée. Un sentiment de tristesse dominait dans l'immense habitacle, même si au fond, tous étaient comblés par cette expérience extraordinaire. La sensation également que leurs carrières et vies respectives allaient probablement prendre un nouveau tournant.

Le groupe s'éloignant, après avoir salué chacun, Arthur se retrouve ainsi quelques instants avec Émilie.

— Merci pour tout, lui adresse-t-elle sobrement.

— De rien, j'ai fait mon job. Compte sur moi pour t'appeler très vite !

Convaincue qu'il ne s'agit pas d'une promesse dans le vide, elle se rapproche un peu plus de lui en souriant. Il dépose un baiser appuyé sur sa joue, et tandis qu'elle se retourne pour rejoindre le groupe, la main du jeune homme vient caresser les longs cheveux qui s'envolent déjà dans le ciel new-yorkais.

Un coassement de grenouille. Émilie n'avait rien trouvé de mieux comme alerte de notification. Le message « Dispo pour un tchat ? » et la photo d'un visage bien connu apparaissent sur son écran.

— *OK*, répond-elle simplement.

— *Il est bien 14 h chez toi ?* enchaîne-t-il.

— *Oui, tu es bon en calcul mental (émoji)*

— *Pas gentil de se moquer, me suis levé hyper tôt pour te parler à une heure raisonnable !*

— *C vrai, en plus un dimanche…*

— *Oh tu sais avec mon job, les dimanches…*

— *Tu vas continuer de bosser à ce même rythme ?*

— *Pourquoi pas. C'est le boulot qui veut ça. Pas de routine, ça me va bien. Un peu comme toi ?*

— *Oui et non. La compét c'est pas la routine, mais les entraînements si !*

Court silence. Arthur hésite à se lancer. Mais pas longtemps.

— *Sinon, je te manque ? (accompagné d'un smiley attendrissant)*

— *D'après toi ?* répond-elle, histoire de gagner un peu de temps.

Elle tapote sa souris.

— *Un peu facile, ça ! Toi tu me manques…* ose-t-il.

— *Je suis très contente que tu appelles*, concède-t-elle pudiquement.

— *Tu connais ton planning des prochains mois ?*

— *Dans les grandes lignes, pourquoi ?*

— *Pour prévoir notre prochaine rencontre, quelque part sur la planète*

— *Tu viendrais en Europe ?*

— *Si j'ai de quoi me payer un billet d'avion, je peux m'arranger pour partir quelques jours. Suffit que tu me dises. Tu décides, je m'exécute !*

— *Vraiment ? Pourtant pas ton genre de te laisser dicter les choses !* (smiley clin d'œil)

— *Yes, mais quand je peux faire simple, je ne cherche pas à faire compliqué*

— *Ah ça, j'ai bien capté que tu étais plutôt du genre direct, droit au but*

— *Pourquoi prendre des chemins détournés ? La vie est courte, il faut aller à l'essentiel*

— *Philosophie de vie ?*

— *Carrément. Mode de vie, même. Façon de penser des Américains. Ça me va bien*

— *C'est aussi ce que j'ai pensé d'emblée, en t'observant et t'écoutant*

— *Donc je t'ai tapé dans l'œil immédiatement ?* (smiley éclat de rire)

— *Tu n'es pas du genre à passer inaperçu ni à laisser indifférent !* répond Émilie avec la retenue qui la caractérise.

— *Donc, le planning ?*

— *Du changement pour moi depuis le retour des US. Je pourrais passer professionnelle d'ici fin d'année… Pour l'instant je reste la protégée de ma fédé. Sinon nous avons un tournoi Espoirs à Rome le mois prochain*

— *Cool, ça tombe bien, j'avais justement comme des envies d'Italie ! Et pour toi : passer pro, mais c'est génial ! C'était ton rêve de gosse, non ?*

— *Pas vraiment, c'est venu sur le tard. Quand j'ai pris conscience de mes capacités*

— *Tes parents ?*

— *Ravis pour moi. Ils m'ont toujours soutenue. Nous avons une super relation*

— *Tes frères et sœurs ?*

Émilie marque un temps avant de répondre, se souvenant de la discussion qu'ils avaient eue tous les deux à New York :

— *Je suis fille unique*

— Comme moi ! Sinon, Rome c'est quand précisément, on se cale ?
— Précisément dans quatre semaines demain
— C'est bon, j'ai le temps de planifier un congé, le vol, et l'hébergement
*— Ne te mets pas en risque pour aller supporter une **pseudo**-pro du Tennis ! (nouveau smiley)*
— No souci. Et puis j'ai bien droit à quelques jours de vacances !
— Cerise sur le gâteau : le tournoi dure les 5 jours de semaine, avec finale le vendredi, et notre délégation profite d'un week-end off
— Alors on aura du temps pour mieux se connaître ?
— Mes parents prévoient de venir le week-end
— Je serais ravi de faire leur connaissance !

Toujours cet aplomb. Décidément, cet Arthur a de la suite dans les idées. Si différent des garçons qu'elle a pu croiser pendant ses années de sport-études. Une assurance à toute épreuve, qui par moments pourrait presque passer pour une forme d'arrogance. Cette faculté à voir systématiquement le côté positif des choses. Un caractère impétueux, mais respectueux de chacun. Une foi en la vie et en l'avenir. Cette force de conviction, présente dans ses paroles comme dans ses actes. Et ce sourire, plein de charme…

En présence d'Arthur, Émilie ne parvient guère à s'interroger sur la nature de leur relation : il ne lui en laisse pas le temps. Constamment en initiative, il a le mot ou l'idée pour la surprendre. Comme s'il avait toujours un coup d'avance, sur elle comme sur les autres. Et c'est ce qui la trouble, et la fascine. Elle qui cherche à se forger un mental de compétitrice, elle se dit qu'elle aimerait posséder la même faculté. Petit à petit, ce garçon pas comme les autres se rend indispensable auprès d'elle.

Le long de l'immense terrasse qui s'étire au-dessus du vide, des centaines d'yeux scrutent le paysage en contrebas. La vue à deux cent soixante-dix degrés offre un panorama incroyable sur les vestiges âgés de deux mille ans. En ce début d'été, dans le bleu éclatant du ciel sans nuages, les rayons du soleil jouent à cache-cache avec les colonnes, les murs, les blocs de pierre. Les ombres formées donnent un relief surprenant à la fresque géante. Le décor semble à la fois irréel, presque factice, et figé pour l'éternité. Plus loin, les pins géants offrent à la vue des taches d'un vert singulier. Leurs troncs sculptés sont si noirs qu'on les croirait peints à l'encre de Chine.

Émerveillé par tant de splendeur, un petit groupe de quatre personnes s'extrait doucement de la foule. Cette visite de la cité romaine et de ses vestiges, une première pour Sabine, est un enchantement. Profiter de doux moments avec sa fille, qu'elle ne voit plus si souvent, la comble. Et découvrir, le temps d'un week-end, le jeune homme dont Émilie lui a parlé suscite sa curiosité. Il faut reconnaître qu'il n'est pas du genre à laisser indifférent. Pour l'instant, elle n'est pas parvenue à découvrir quel costume il endosse : est-il en passe de devenir le petit ami de sa fille ? L'est-il déjà ? Ou est-il cantonné au rôle d'ami, d'amuseur, de confident ? Rien dans l'attitude des deux jeunes gens ne lui confère le moindre indice. Guère surprenant venant d'Émilie : sa fille ne montre jamais ses sentiments. Et fait preuve d'une discrétion à toute épreuve sur ses rares histoires de cœur. Un peu comme elle au même âge, à vrai dire. Plus troublant encore, la ressemblance physique entre les deux jeunes gens. Au-delà des traits du visage, le même corps élancé et musclé. La nuque longue et gracieuse. Ressemblance moins évidente aux yeux de Dimitri, à qui elle a confié son trouble. Il lui concède qu'ils ont le même morphotype des gens d'origine asiatique, mais selon lui, cela ne va pas au-delà.

— Bon, ça ne vaut pas Manhattan, mais c'est pas mal quand même, hein ?! sourit le jeune homme en adressant un clin d'œil à Dimitri.

— Comparable, d'une certaine façon ; Rome antique et New York City : deux civilisations de bâtisseurs, lui répond Dimitri. On descend vers le Colisée, comme prévu ? propose-t-il dans la foulée.

— En avant, mauvaise troupe, lance un Arthur qui s'improvise chef de bande.

Projetant son corps en avant pour engager sa démarche sans regarder devant lui, il heurte de plein fouet un touriste s'apprêtant à prendre un cliché.

— *Sorry, Sir, excuse me.*

— *No problem.*

— Les Japonais sont dans la place, ils prennent vraiment tout en photo, comme d'hab' ! J'ai même cru qu'il allait me shooter, pour avoir un souvenir de notre rencontre corporelle ! s'amuse Arthur en regardant Émilie.

— Les clichés ont la vie dure, mais promis, Arthur, on ne fera pas de vanne sur les Asiat', s'essaie à chambrer un Dimitri tout sourire.

— Oh, vous pouvez ! Je suis carapacé, j'en ai tellement entendu quand j'étais petit, comme Émilie, je suppose.

— Et à New York, avec la présence de toutes les communautés, vous ne ressentez pas de racisme ? s'enquiert Sabine.

— Non, pas du tout, et vous savez, pour eux, je suis d'abord le « *frenchie* », ils ne savent rien de mes origines.

— Arthur est comme moi, il est né au Vietnam, lâche Émilie, tandis qu'ils arrivent à proximité de l'imposant monument ancien de deux mille ans.

— Ouais, d'ailleurs, je n'y suis jamais retourné, mais comme j'aime bien voyager, je pense que j'irai là-bas dans quelques années. Pour l'instant, je me dis que j'ai le temps.

— Moi aussi, j'irai ; si un jour j'ai l'opportunité de faire un tournoi en Asie du Sud, ce serait l'occasion d'aller découvrir le Vietnam. Qu'est-ce que vous en dites, maman, papa, on partirait là-bas ensemble ?

— Voilà l'idée, je vais nous organiser un « adoption tour » au Vietnam ; Émilie et Arthur sur la trace de leurs origines ! s'amuse le jeune homme.

La vue de l'impressionnant monument de pierre interrompt la discussion.

— Ce colosse est quand même incroyable, on a peine à imaginer comment il a pu être édifié, s'extasie Dimitri.

Comme prévu, le quatuor rejoint un petit groupe de touristes, aux nationalités diverses. Leur guide, munie d'une perche insolite entourée d'une peau de léopard, est immanquable. La troupe la suit docilement et écoute avec attention les explications, aux accents parfois enflammés.

— Émilie vous a dit qu'elle avait un chauffeur particulier pour la conduire à l'aéroport, demain ? Ah, ces sportifs professionnels, ça ne lésine sur aucun moyen ! plaisante Arthur tandis qu'ils redescendent les escaliers menant à l'étage inférieur.

— Mais rien ne vous y oblige, mon cher, rétorque-t-elle d'un air faussement grandiloquent, c'est vous qui avez insisté pour me conduire, s'amusant à surjouer la scène, puis fouettant son ticket de visite sur l'épaule du jeune chauffeur.

Il est bien avec elle, sa présence énergise ses atomes, stimule ses neurones, déclenche des réactions chimiques, il sent qu'il se passe quelque chose. Il tente un rapprochement, hanche contre hanche, effleure le dos de sa main avec la sienne, mais inexplicablement, une force mystérieuse réfrène ses gestes.

Sabine les observe d'un air amusé. Non seulement ces deux-là se ressemblent comme deux gouttes d'eau, mais leur complicité évidente fait plaisir à voir.

Comme tous les soirs, Gennaro prend la route pour rejoindre l'aéroport de Fiumicino. Même si le travail de nuit reste une contrainte, en particulier pour la vie de famille, son job d'employé aéroportuaire lui plaît. Aucune nuit ne ressemble à une autre. L'activité change en fonction de l'état du trafic, des conditions météo, des problèmes techniques qui peuvent survenir. Ses sept années d'expérience, sa fiabilité dans le travail, font qu'il se voit confier des responsabilités, sa hiérarchie lui accorde beaucoup d'autonomie. Il ne comprend pas pourquoi on parle de crise du transport aérien : pour lui, il y a toujours plus de vols et plus de passagers. Les marchandises transportées sont elles aussi en constante évolution et nécessitent des conditions de sécurité et de contrôle toujours plus encadrées. Fréquemment, la trentaine de kilomètres qui séparent son domicile de l'aéroport sont l'occasion d'écouter, en direct à la radio, les commentaires des matches de football de la Série A, ou de Coupes d'Europe. Si les résultats actuels de l'AS Rome lui inspirent peu d'enthousiasme, la passion pour le ballon rond et pour l'un de ces deux clubs de la capitale romaine est intacte.

Ce soir, la météo est inhabituelle pour un début d'été romain, l'atmosphère particulièrement humide, alors que le début de nuit est clair. Les essuie-glaces, par intermittence, sont de rigueur. Faute de rencontres de football, la RAI diffuse un débat politique en vue des prochaines élections. Gennaro écoute d'une oreille distraite, peu intéressé par les arguments des parties en présence. L'Italie est en proie à des difficultés, financières, économiques et sociales, que la classe politique actuelle, selon lui, n'est pas en capacité de surmonter. Le pays doit faire en sorte de vivre au mieux cette période difficile, en attendant des jours meilleurs.

Ce tronçon d'autoroute, dans ses premiers kilomètres, ressemble plus à une route nationale, de par son paysage et son tracé, relativement sinueux par endroits. Routinier pour Gennaro, déjà tourné vers les tâches nocturnes qui l'attendent. Baissant le volume du son de la radio, il laisse libre cours à ses pensées. Soudain, une vision inhabituelle capte son attention. Ce qui ressemble à une paire de phares, accompagnée de feux de détresse allumés semble, un peu plus loin, regarder dans sa direction. Diminuant son allure, sa première impression se confirme peu à peu, l'incitant à réduire encore plus nettement sa vitesse. Arrivé à hauteur de ce qui s'avère bien être un véhicule, accidenté, tourné en sens inverse, en une fraction de seconde il prend la décision d'agir. Dépasse la voiture arrêtée, se gare à l'intérieur de la bande d'arrêt d'urgence et coupe le contact. En descendant de son véhicule, il remarque une colonne SOS qui se trouve juste à proximité du lieu de l'accident. Muni de son téléphone portable qui lui procure une aide lumineuse, il s'approche à grands pas de l'autre véhicule, le cœur battant. Habitué au trafic routier sur cette portion d'autoroute, il remarque assez vite qu'il s'agit d'un véhicule de location, comme en louent les clients de l'aéroport. Par chance, la voiture, qui a dû faire un tête-à-queue pour se trouver en pareille posture, ne gêne pas la circulation. Elle est calée contre une barrière de sécurité, empêchant ainsi l'accès côté conducteur. Gennaro se hâte en se disant qu'il est préférable de voir et peut-être d'agir, avant de prévenir les secours et communiquer de bonnes informations. Son rythme cardiaque s'accélère une fois arrivé à hauteur de la vitre côté passager. Au moins deux personnes dans la voiture. Une femme, très jeune, côté passager. Manifestement inconsciente, la tête renversée sur le côté. Malgré la lumière de son téléphone plaquée contre la vitre, impossible de distinguer la personne qui se trouve au volant. Un airbag, voire plusieurs, occupe le volume de l'habitacle. Le choc a certainement été violent, car le véhicule paraît assez endommagé, des deux côtés, comme s'il s'était fracassé de part et d'autre de la glissière.

Perte de contrôle du véhicule, reste à savoir pour quelle raison. Qui part en tête-à-queue sous l'effet de la collision avec la partie centrale de l'autoroute. Puis rebond de l'autre côté, peut-être dû à un coup de volant contre-productif. La voiture se retrouve ainsi dans sa voie d'origine, à droite, mais tournée en sens inverse. Voilà le scénario imaginé par Gennaro en composant le numéro des secours. Soucieux de conserver son sang-froid, il donne des indications précises à l'opérateur qui lui pose des questions. Par chance, le trafic est faible à cette heure. Le véhicule accidenté ne gêne pas la circulation, et l'employé aéroportuaire prend soin de sécuriser la zone et de se sécuriser lui-même. Qui sont ces gens ? Des touristes comme il en voit débouler tous les jours à Fiumicino ? Venus dépenser du temps et des euros pour admirer les vestiges romains l'espace de quelques jours ? Et s'il s'agissait d'un jeune couple en voyage de noces ? Ils ont l'air si jeunes… Quelle est la gravité de leurs blessures ? Vont-ils se rétablir d'un tel accident ? Quelle va être leur vie après ? Il semble que cela bouge à l'intérieur de l'habitacle, ils sont peut-être juste étourdis ? Assailli de questions, Gennaro voit avec soulagement poindre dans la nuit la lueur des véhicules d'intervention.

— Votre famille est prévenue. Elle ne devrait pas tarder. Quant à vous, nous vous gardons quelques jours, puis il s'agira d'organiser votre rapatriement.

D'allure chaleureuse, ce médecin s'exprime dans un français impeccable. Son sourire et son accent chantant font du bien à Émilie et la rassurent. Elle l'écoute attentivement, plongée dans une sorte de torpeur indéfinissable. Comme si elle n'avait plus aucune énergie. Vidée de toute ressource. Drôle de sensation, peut-être semblable à celle que l'on éprouve après un match marathon de plusieurs heures sous un soleil de plomb. Excepté au poignet gauche, elle ne ressent pas de douleur, mais se sent comme prisonnière d'un état léthargique. Probablement les effets du choc. Ou des médicaments administrés par l'hôpital. Ou les deux. Elle lui fait répéter par deux fois qu'elle ne souffre d'aucune fracture ni blessure importante. Uniquement de contusions, manifestations bénignes au regard de la violence de l'accident. Quelques jours de repos et elle pourra reprendre le cours de sa vie. Une chance.

Au moment même où elle s'apprête à demander, de nouveau, des nouvelles d'Arthur, le médecin la devance en lui annonçant :

— Pour votre frère, nous avons bien un léger enfoncement du thorax et un choc aux cervicales. Rien de grave, en somme. Pour ce premier traumatisme, de retour chez vous, il lui faudra sans doute passer par un peu de chirurgie. Pour le second traumatisme : port d'un collier cervical, puis, dans quelques semaines, séances de kinésithérapie. Et tout ira bien.

— Merci, Docteur, répond Émilie d'une petite voix, mais ce n'est pas mon frère.

Le grand médecin brun regarde sa jeune patiente, mi-amusé, mi-interloqué. Il préfère ne rien dire et attendre la suite.

— C'est un ami. Mon ami.

— Vous êtes quand même de la même famille, non ? avance-t-il prudemment.

— Nous nous ressemblons beaucoup, mais nous ne sommes pas parents.

— La génétique se trompe rarement, vous savez.

— Pardon ?

— C'est un protocole ici, nous faisons une prise de sang à chaque personne accidentée de la route. En cas de besoin de perfusion par la suite. Et pour tout ressortissant étranger, nous procédons également à un prélèvement de salive, pour l'ADN.

— Que voulez-vous dire ?

— Rien de spécial, Mademoiselle, sauf que ce jeune homme et vous, vous vous ressemblez beaucoup, et qu'au-delà de votre ressemblance, vous présentez une proximité génétique qui, de mon point de vue, ne laisse guère de place au doute. Il y a un problème ?

La surprise est telle pour la jeune femme. Elle garde le silence, troublée au plus haut point.

— Merci, Docteur, je crois que je vais essayer de me reposer un peu, lui faisant comprendre qu'elle aimerait être seule.

Son cœur bat la chamade. Avec difficulté, elle se redresse contre son oreiller pour adopter une position plus propice à la réflexion. Ses sentiments sont confus, entremêlés. Arthur, son cher Arthur, l'exubérant, l'amuseur, le confident, celui qui est en passe de devenir son petit ami, serait du même sang qu'elle… et peut-être… son frère ? Mais on ne tombe pas amoureuse de son propre frère, ce n'est pas possible ! Tout en sachant qu'il s'agit d'un effort vain, elle plisse les yeux et se concentre pour fouiller dans ses souvenirs les plus anciens. Se revoit-elle enfant, bébé, entourée de membres de sa famille, de frères, de sœurs ? Pas plus qu'elle ne revoit de visages, elle ne revit de moments. Tout juste des sensations, fugaces, de vagues odeurs, des cheveux qui la frôlent, des mains qui l'habillent. L'orphelinat. Mais rien de plus. Pour l'instant, le choc de la révélation ne fait rien remonter d'autre à la surface. L'esprit dans le vague, elle promène son regard sur les murs blancs de cette petite chambre d'hôpital. Plongée dans cet environnement aseptisé, elle cherche à raccrocher son attention à quelque chose de rassurant. Les seuls objets présents autour d'elle sont ses perfusions et une fiche médicale incompréhensible. Une affiche d'instructions rédigée en italien est collée sur la porte. Mais comment est-ce possible ? C'est vrai, la ressemblance physique paraît évidente, mais quand même ! Le monde est si vaste, la probabilité de rencontrer son propre frère est si faible. Et Arthur, lui, sait-il quelque chose ? Se doute-t-il, plus qu'elle-même, de leur lien ? Comment lui en parler ? Comment faire pour renoncer à ce qui aurait pu devenir une histoire d'amour, et bâtir autre chose, construire une relation frère-sœur ? Et les parents, quelle va être leur réaction ? Eux connaissent son dossier d'adoption, ils ont peut-être des indices ? Qu'ils ont préféré taire ? Tant qu'elle ne posait pas plus de questions ? Et si le hasard n'avait pas agi de la sorte ? Les choses auraient-elles été révélées un jour ? Ce médecin inspire confiance, il a l'air sûr de son fait. Au fond d'elle, n'a-t-elle jamais ressenti l'étrangeté de cette évidence ?

Un bref coup donné sur la porte, avec retenue, puis celle-ci s'entrouvre, laissant apparaître les visages, inquiets, de Sabine et Dimitri. À la vue de ses parents, sans qu'elle puisse comprendre vraiment pourquoi, envahie par une multitude de sentiments, Émilie fond en larmes. Des sanglots silencieux, irrépressibles, la secouent. Sa poitrine est bientôt en proie à des spasmes tandis que Sabine la prend dans ses bras et se serre tout contre elle.

Elle ne sait plus si elle doit lutter contre ses pleurs ou s'abandonner. Elle distingue à peine la silhouette de son père à travers ses yeux remplis de larmes. Celui-ci s'approche plus près et caresse en silence la tête de sa fille, Sabine lui murmurant un « tout va bien, ma chérie » de circonstance.

— Par quoi… on commence ? finit par lâcher Émilie, désireuse de briser le silence.

— Ma chérie, nous sommes si heureux de te voir ainsi, après ce qu'il s'est passé.

— On a eu un accident… la voiture est devenue incontrôlable… Arthur n'y est pour rien… Heureusement qu'il n'est pas trop blessé, lui non plus…

— Oui, le docteur nous a parlé, vous allez bien tous les deux. Et nous sommes là, maintenant. Le plus dur est passé. Nous resterons près de toi le temps qu'il faudra.

S'efforçant de sécher ses larmes, Émilie retrouve un peu de calme. Elle masse lentement son poignet douloureux. Son tempérament de jeune championne reprend peu à peu le dessus lorsqu'elle s'adresse à ses parents avec une certaine gravité :

— Maman, papa, il faut que l'on parle d'Arthur.

« Drôle d'expérience d'être transformé en Robocop » en sourit un Arthur dont le buste est ceint par une sorte de corset, et dont la nuque est également protégée. Même s'il se sent pour le moins patraque et mâché, il espère déjà que ce séjour hospitalier durera le moins longtemps possible. Se projeter dans l'avenir, rien de tel pour oublier ce mauvais coup du sort. Pas la peine de se torturer en refaisant cent fois le film de l'accident. Dans l'une des rares courbes de l'autoroute, la voiture a perdu en adhérence – la faute, sans doute, à une chaussée à la fois grasse et mouillée – et Arthur a vite compris qu'il perdait le contrôle. Sa tentative de braquage-contrebraquage n'a pas produit l'effet escompté. La voiture a alors décidé de partir en tête-à-queue. Les coups de volant se sont avérés vains lorsque celle-ci a violemment percuté la glissière centrale, avant de revenir sur la voie de droite pour s'immobiliser. Tout s'est déroulé si vite. Le bruit effroyable du freinage, des chocs successifs. Le sentiment terrible que tout vous échappe et peut-être la vie. La peur de ce qui va arriver, les pensées pour Émilie. Puis une sorte d'état second qui fait vivre les événements différemment, comme si l'on était à la fois acteur et spectateur d'une scène. Des moments de noir où l'on n'a plus toute sa conscience. Comme un sommeil lourd, artificiel, dont on se réveillerait cent fois. Des douleurs qui naissent et irradient le dos, la nuque, la poitrine. Des lumières au plafond et des visages masqués qui parlent une langue dont on ne comprend pas le moindre mot. Puis le repos entre ces quatre murs blancs.

Arthur est soulagé de savoir qu'Émilie va bien, elle aussi. Un médecin est passé le voir tout à l'heure, lui a donné des explications rassurantes sur son état de santé et celui de sa jeune amie. Ils ont brièvement plaisanté quand Arthur a fait une fausse confidence en affirmant qu'il était cascadeur professionnel. À un moment, le médecin lui a parlé de « sa sœur », ce qui était amusant. Arthur n'a pas relevé. Il a simplement demandé s'il était possible de les regrouper tous les deux dans la même chambre. Apparemment, ce n'est pas prévu au programme. En voulant se redresser dans son lit après le départ du doc, son corps meurtri s'est rapidement rappelé à lui. Arthur se prend à imaginer la présence d'Émilie. Une très bonne façon de tromper l'ennui.

— *Alors, tu es content de toi ?*
— *Ah ça, pour un coup d'essai, c'est un coup de maître, hein !*
— *Oui, tu voulais que l'on prolonge le séjour ensemble, c'est gagné.*
— *Et en plus, avec ta perf' dans le bras, tu ne peux pas t'échapper !!*
— *Va falloir que tu me supportes. Quand je ne peux pas m'entraîner, je deviens vite infecte.*
— *Sur une échelle de 0 à 10 ?*
— *Disons 9.*
— *Ah oui, quand même ! Je te fais livrer une raquette à l'hôpital.*
— *En espérant que le livreur sera un conducteur plus fiable que toi ; je plaisante, bien entendu !*
— *Très drôle ! D'ailleurs, je me disais que vis-à-vis de mon employeur, je ne rentrerai pas dans les détails… Mieux vaut étouffer l'affaire, comme on dit.*
— *Voilà qui m'apprendra à jouer les starlettes, à me la jouer « j'ai un chauffeur personnel » !*
— *Va falloir que tu t'habitues, pourtant, en passant pro, tu auras des gens à ton service.*
— *Tu as raison, c'est tout un art que de savoir bien s'entourer.*

Arthur est subitement interrompu dans sa rêverie par l'irruption d'une infirmière. Pas la même aisance en français que le docteur, plutôt avare de mots. Elle vérifie que les protections sont bien en place, l'examine brièvement, relève sa température, ajuste une perfusion. Quand il lui demande s'il peut se lever et marcher, elle lève les yeux au plafond et lui répond d'attendre au moins le lendemain. Il va falloir faire preuve d'un peu de patience, jeune homme...

Dimitri s'occupe de tout. Le but, c'est avant tout de décharger Sabine au maximum. Et il a du temps à tuer durant ce séjour forcé. Premièrement, prévenir la famille. Avec son ton habituel, presque enjoué, il informe et rassure les grands-parents, la famille proche. Plaisante sur la fiabilité des pneus italiens, qui ne valent pas les français. En second lieu, lever les contraintes professionnelles. Coup de fil à l'associée de Sabine à la pharmacie. Puis à son employeur. Dans les deux cas, Dimitri a présenté l'événement comme un simple contretemps, s'amusant presque de la situation. Contact avec la Fédération de Tennis, pour les mettre au courant, sans non plus les alarmer. Le plus fastidieux : gérer le volet assurance, en liaison avec la société de location de véhicule. Il le fait pour Arthur. Et pour finir, les échanges avec les compagnies aériennes pour planifier de nouveaux vols retours. Trois vols à gérer : un pour Sabine et lui, un pour sa fille chérie qui est « apte » selon les médecins et repart au centre d'entraînement de Paris pour quelques jours de repos supplémentaires en vue d'une reprise progressive, et un pour Arthur qui va entamer sa convalescence chez ses parents, et ne repartira aux États-Unis que dans quelque temps.

Arthur : quelle incroyable histoire ! Une rencontre totalement improbable. Dimitri en est encore tout retourné. S'il avait senti que ce jeune homme, plein de vie, pouvait d'une certaine façon rentrer dans leur famille, il était loin de se douter que cela se produirait ainsi. Le sixième sens féminin, une nouvelle fois… Sabine avait perçu quelque chose, dès le début. Bien sûr, ils avaient hâte, tous les quatre, de faire confirmer cette nouvelle par de nouveaux tests, mais le *dottore* s'était montré si catégorique… À présent, Dimitri se remémore le parcours d'adoption d'Émilie. À l'époque, le dossier faisait bien référence à plusieurs frères et sœurs, cousins et cousines de l'enfant qui allait devenir sa fille, mais sans plus de détails. Il se souvient que l'orphelinat était volontairement resté discret sur cet aspect des choses. Pour ne pas créer de trouble vis-à-vis de la famille adoptante. Peut-être parce que la fratrie était très nombreuse. Peut-être parce que la situation des parents d'origine était très particulière, ou compliquée. Sabine et Dimitri savaient seulement qu'Émilie n'était pas fille unique, mais le sujet n'était jamais allé plus loin. On dit que la vie peut vous réserver des surprises, bonnes ou mauvaises. Mais l'existence même peut parfois relever du miracle. Émilie et Arthur. Arthur et Émilie. Deux sur six milliards. C'était à peu de choses près la probabilité de rencontre de ces êtres. Un accident survient et révèle le secret de leurs origines communes. Un secret qui serait resté enfoui à jamais. Dimitri comprend aisément le trouble de sa fille. Découvrir de façon aussi fortuite le lien de sang. Avec un garçon dont elle semblait, si ce n'est amoureuse, du moins sous le charme. Sur la demande d'Émilie, Sabine et lui ont juré de ne pas évoquer le sujet avec Arthur. Pas pour l'instant. Le moment n'est pas propice. Émilie a exprimé le besoin de récupérer, émotionnellement et physiquement. Le couple a accédé sans mal à la demande de sa fille. Ils souhaitent avant tout la préserver, ainsi qu'ils l'ont toujours fait.

Quand il passe en silence le seuil de la porte de chambre d'Arthur, Dimitri trouve celui-ci assoupi. Si ses traits sont détendus, la lumière blanche de la pièce fait ressortir la pâleur de son visage, qui semble presque exsangue à cet instant. Dans la seconde suivante, le jeune homme bouge légèrement et ouvre les yeux.

— Je crois que ce qu'ils me filent m'assomme, comme s'il devait se justifier.

— Tu as besoin de récupérer, c'est normal. Comment te sens-tu ?

— Pas la forme olympique, et en plus, je me sens tout serré dans leur attirail. Vous pourriez demander à une infirmière qu'elle vienne me desserrer un peu ?

— Je le ferai. Veux-tu que je rappelle ton employeur ?

— J'ai eu WhiteLane. Ils sont hyper compréhensifs. Je leur ai dit que j'allais devoir rester en Europe quelques semaines pour me requinquer. Je ne leur ai pas dit pour l'opération du thorax, car rien n'est sûr. Ma mère m'a adressé mille textos. Elle a hâte de pouvoir me dorloter.

— Je me doute. Un mal pour un bien, tes parents vont pouvoir profiter un peu de toi. Vous vous en sortez bien, Émilie et toi.

Saisissant la poignée au-dessus de lui, Arthur se redresse légèrement en grimaçant.

— Vous n'imaginez pas comme je m'en serais voulu si Émilie avait été gravement blessée. Remarquez, on ne saura jamais, elle aurait pu briller en handisport ! s'essaie-t-il à plaisanter.

— Tu n'as rien à te reprocher. Parfois, les choses arrivent parce qu'elles doivent arriver. L'essentiel est que vous récupériez bien tous les deux, et que d'ici quelque temps, cette mésaventure ne soit plus qu'un mauvais souvenir.

— Merci, Dimitri, c'est gentil. Je suis très heureux de vous avoir rencontrés, Sabine et vous. J'espère qu'un jour, vous aurez l'occasion de venir me voir aux US.

— Je vais te laisser te reposer et voir si une infirmière traîne dans les parages. Mais en effet, Arthur, je pense que l'on n'a pas fini de se voir.

Il le doit assurément à une robuste constitution : de retour en France, Arthur a évité l'opération. Son corps a bien réagi, suffisamment pour ne pas avoir recours à l'acte chirurgical. Galvanisé par la rapide récupération d'Émilie, déjà en phase de reprise. Dopé par l'extraordinaire nouvelle qui bouleverse sa vie. Leurs vies. Il a scrupuleusement suivi les conseils des médecins, s'est plié aux contraintes de la minerve, a débuté les séances de kinésithérapie. Au point d'en surprendre Virginie et Jérôme, ébahis par tant de docilité.

Deux précautions valent mieux qu'une : avec l'appui des familles, ils ont fait appel à deux laboratoires différents. Se sont mis d'accord pour prendre connaissance des résultats au même moment. De prime abord, les courriers reçus sont quelque peu sibyllins : les rapports de test ADN rédigés en anglais présentent des colonnes de chiffres liés à diverses abréviations. Cependant, au bas des documents, l'indication fournie est identique pour les deux laboratoires, et sans ambiguïté. « L'indice combiné de fraternité », supérieur à un, est assorti d'un pourcentage au-dessus de quatre-vingt-dix-neuf pour cent, cinq chiffres après la virgule. Les échantillons de salive adressés il y a dix jours ont livré leur verdict : ils sont frère et sœur.

Un « Emi » s'affiche sur l'écran de smartphone d'Arthur, prompt à répondre.

— Salut, sœurette, ça gaze ?

— Je suis contente d'entendre ta voix, comment va mon convalescent préféré ?

— Comme un ado choyé, tu sais, j'ai l'impression d'être revenu des années en arrière. Le fiston est chouchouté par son papa et sa maman !

— Ils profitent de t'avoir un peu, c'est normal. Ta mère doit appréhender ton départ.

— Sans doute, mais moi, j'ai hâte. Maintenant que j'ai retrouvé la forme, laissé tomber le collier cervical, j'ai des fourmis dans les jambes, New York me manque ! Facile pour toi, tu galopes déjà !

— C'est vrai que je ne pensais pas reprendre aussi vite, bientôt le retour à la compétition. J'ai de la chance d'avoir un bon métabolisme, que veux-tu, cela doit être génétique…

— Tu es branchée génétique, depuis notre test ADN de fraternité ?

— Pas spécialement, mais maintenant que j'ai un frère, j'ai peut-être envie d'aller plus loin, ce serait le bon moment…

— Le bon moment, tu veux dire, de remonter aux sources ?

— Oui, avec toi.

— Waouh ! Attends, je résume : Un : on rentre en France, un peu amochés par l'accident, moi plus que toi, d'ailleurs. Deux : sitôt rentrés, avec tes parents, vous m'annoncez que le doc italien est convaincu que l'on est frère et sœur. Trois : on se parle tous les six – vive la visio – et on décide de faire ces tests. Quatre : le résultat officiel tombe, je perds une petite amie putative et je gagne une sœur ! Alors, c'est quoi le cinq, laisse-moi deviner, tu veux que l'on parte à la recherche de nos origines, c'est ça ?

— Tu n'en as pas envie, toi ?

— J'ai toujours préféré regarder devant. Tout est clair pour moi : mes parents sont mon unique famille. Bon, maintenant, il y a toi, ça donne un nouveau contexte. Alors, vivre l'expérience avec ma franginette…

— … Donc c'est un oui ? Maman est prête à nous aider, et même plus que ça. Elle a gardé des contacts avec l'association. Elle peut les réactiver. Ils sont en relation avec le département de l'Adoption, et avec des gens de la province d'où nous sommes originaires. On doit pouvoir remonter le fil assez facilement.

— On partirait là-bas tous les deux ? À la rencontre de nos parents biologiques, s'ils sont toujours vivants ? Si ça se trouve, on a d'autres frères et sœurs de par le monde !

— On sera accompagnés. Ce sera un moment unique à partager, bien plus fort que si on le faisait chacun de notre côté.

— Compte tenu de mon statut d'aîné, je suppose que c'est à moi d'avaliser une décision que tu as en réalité déjà prise pour nous deux ?

— Quand j'étais petite, parfois, j'aurais bien aimé avoir un grand frère pour décider pour moi, ou pour me défendre.

— Pourquoi, on s'en prenait à toi ?

— Tu sais bien ce que je veux dire, le regard des autres, les moqueries.

— À l'adolescence, les délicates attentions, comme « niakoué », ou « bol de riz »…

— Ou même plus petite, les autres élèves qui me demandaient pourquoi j'étais « chinoise » alors que mes parents ne l'étaient pas, si j'avais été abandonnée, si j'étais née dans la jungle, si mes vrais parents avaient été tués à la guerre…

— Tu ne te confiais pas à tes parents ?

— Le moins possible. D'abord, j'étais de nature timide, je parlais peu. Et puis je cherchais à éviter à leur faire du mal, à eux aussi.

— Je comprends, j'ai vécu cela aussi, même si ça ne m'atteignait pas vraiment. Ça glissait. Je crois que la seule fois où je me suis mis en colère, c'était au lycée, quand un abruti m'a dit que je ne pouvais pas comprendre, car je n'étais pas français. J'avais seize ans. J'étais à deux doigts de me battre. C'était un lendemain d'élection, le type avait déblatéré tous les clichés sur les étrangers qu'il avait dû entendre chez lui.

— J'étais à l'école primaire quand une fille de ma classe a sorti, sans émotion particulière, que son père lui avait appris à se méfier des Chinois et Asiatiques en tous genres, car ils étaient sans cesse plus nombreux dans le monde et allaient progressivement tout s'accaparer, en envahissant les autres pays.

— Des mots qui te marquent quand tu es gosse.

— Déjà que je n'avais pas une grande confiance en moi, trop consciente de ma différence.

— Un mal pour un bien, tu as changé, tu t'es endurcie !

— Endurcie, je ne sais pas, disons qu'en grandissant, je me suis forgé une volonté. Le sport m'a servi de catalyseur. Cela m'a beaucoup aidée. Grâce à mes parents, j'ai eu la chance de rentrer dans un cercle vertueux : le tennis m'a permis de progresser mentalement ; plus je gagnais en confiance et en assurance, plus j'étais performante sur le court, et plus je me sentais forte dans la vie.

— Tu crois que là où nos pas vont nous mener, ils ont une vague idée de ce qu'est Wimbledon ?

— Je ne sais pas, Arthur, je ne veux pas me faire de film avant. Ce serait le piège : se fabriquer une réalité qui pourrait s'avérer tout autre. La seule chose à faire, c'est de partir là-bas tous les deux.

Il y avait à la fois tant de douceur et de détermination dans la voix de sa sœur qu'Arthur ne pouvait faire qu'une seule chose : être avec elle.

Chère Virginie, cher Jérôme,

En voilà une drôle d'idée, écrire une lettre, de nos jours, c'est bien une démarche « vintage », comme dirait Émilie ! Mais après les émotions vécues ces dernières semaines, je ressens le besoin de me livrer un peu en m'adressant à vous. Grâce à nos petites vidéoconférences du dimanche, nous avons pu faire connaissance et échanger sur nos histoires respectives. En nous écoutant mutuellement, nous avons pu découvrir à quel point tant de choses nous rapprochent.

Comme vous, il y a vingt ans, nous nous sommes lancés dans la grande aventure de l'adoption, ce long chemin sinueux, rempli d'ornières, au paysage changeant. En accueillant notre petite Émilie, enfant issue d'une culture différente, nous savions, tout comme vous, que les informations sur ses origines pouvaient être difficilement accessibles. Comme tous les parents adoptifs, nous avons été sensibilisés au fait que notre enfant serait sans doute, à un moment ou à un autre, dans une quête d'identité. Nous étions préparés au fait qu'elle éprouverait probablement le besoin, tôt ou tard, de connaître ses origines. Avec Émilie, nous avons certainement eu beaucoup de chance : le dialogue, serein, a toujours prévalu.

Comme vous, nous avons donné le meilleur de nous-mêmes pour accompagner notre fille dans la vie. Nous avons connu tant de joie de la voir s'adapter, s'épanouir, évoluer, grandir, s'affirmer. Parfois, nous avons été préoccupés par le regard des autres, porté sur notre enfant différente de nous, qui n'avait pas la même couleur de peau. Régulièrement, nous nous sommes inquiétés qu'elle puisse en souffrir. Comme tout parent aimant, nous avons scruté son humeur, questionné son quotidien, testé sa joie de vivre. Quelquefois, il nous est arrivé de douter du bien-fondé de notre éducation, du fait qu'elle soit fille unique. Pour nous assurer de son bien-être, nous avons sondé sa nounou, ses enseignants, son pédiatre, ses éducateurs. Et nous avons été comblés de voir l'image de bonheur qu'elle nous renvoyait.

D'une certaine façon, Arthur, votre fils, est entré deux fois dans notre vie : la première fois à Rome, lorsque nous avons fait sa connaissance, la seconde quand les tests ont confirmé ce qui est devenu une évidence. C'est un pur bonheur de le connaître. De le voir si proche d'Émilie, de les sentir tous les deux si connectés. Savoir qu'Arthur partage son histoire, qu'elle les lie tous les deux, est pour nous un réconfort. Nous voulons aider Émilie à en savoir plus sur ce qu'elle a envie de connaître. Nous le faisons par elle, parce qu'elle nous l'a demandé, et pour elle. Et aussi, nous l'espérons, pour Arthur.

Reprendre contact avec l'association, plus de vingt ans après avoir accueilli notre petite Émilie, a été une véritable cure de jouvence. Cela a réveillé en moi de délicieuses sensations, de joie, de curiosité, d'impatience, de doute positif. Assurément quelques craintes aussi, plus ou moins conscientes. Aujourd'hui, en effet, la donne a quelque peu changé. Le regard et le désir de notre fille ont évolué parce qu'elle a un frère. Aussi incroyable que puisse être leur rencontre, c'est une telle chance pour tous les deux. Ils vont pouvoir construire une relation forte et, nous en sommes persuadés, pleine de sincérité et de confiance réciproque. À l'entrée dans l'âge adulte, quel meilleur moment pour eux pour partir à la rencontre de leurs origines ?

Comme vous le savez, le papa n'a pas survécu, mais la maman sera certainement au comble du bonheur. Cette rencontre, exceptionnelle, est un cadeau pour nos enfants. En les aidant à préparer ce voyage, en les soutenant, nous sommes à notre place et assumons, une fois encore, notre rôle de parents.

Dimitri se joint à moi pour vous embrasser.

À bientôt en visio,

                                                          Sabine

Le dragon de l'Asie. Enfin. Émilie tient sa récompense. Au terme de cinq mois de démarches, d'échanges à distance, d'organisation partagée. Malgré les exigences de calendrier d'une sportive en phase de reprise. Le fruit d'un travail collectif, coordonné par une Sabine particulièrement aidante. Le plaisir de voyager aux côtés de son frère, venu de New York à Paris, afin qu'ils fassent vol commun vers la terre promise. Alors que leur avion déchire le ciel artificiel teinté de rose nacré, surfe sur une mer de cumulus géants, elle ne dissimule pas son émoi à Arthur. Pourtant, elle l'a voulu, ce moment de vérité avec son alter ego. Cependant, plus elle s'en rapproche, plus elle sent un doute l'étreindre. Que vont-ils trouver là-bas, qui vont-ils rencontrer en réalité, une page va-t-elle s'ouvrir ou se refermer à jamais ? La voix de son aîné, affirmée, rassurante, résonne encore à son oreille : « Dis-toi juste que nous avons une chance extraordinaire tous les deux. Tu n'as pas l'impression que la plupart des gens fuient quelque chose ? Qu'ils cherchent la porte de sortie, pensant que c'est cela l'existence ? Pour nous, c'est tout le contraire : nous avons une vie à plusieurs entrées. Et nous allons entrouvrir une nouvelle porte. »

En s'éloignant de la rivière de Saïgon et en repiquant vers l'est de la ville, Émilie et Arthur découvrent une atmosphère différente. La chaleur se fait plus lourde et l'air semble plus vicié. Le jeune homme sent la moiteur de la main de sa sœur dans la sienne, il ne la lâche pas. Au fil des rues empruntées, le trafic est de plus en plus dense, animé par l'amusant ballet des voitures colorées et des scooters. Quatre-roues et deux-roues se livrent une bataille résignée, une compétition sans règles, perdue d'avance, étonnamment sans heurts. Au croisement suivant, il faut traverser. Le duo attend patiemment que quelques locaux se lancent pour leur emboîter le pas. Pas nécessaire de forcer l'allure, ils sont dans les temps. Motivés comme jamais, et il faut l'être pour parcourir, à pied, les kilomètres qui les séparent de leur point de rendez-vous. Arthur propose une pause fraîcheur pour les récompenser de leurs efforts. Tirant sa gourde en métal de son grand sac à dos, il offre quelques gorgées d'eau à Émilie avant de se désaltérer à son tour. Ils reprennent leur marche après un rapide check de l'application, assurés d'être dans la bonne direction. La rue suivante, plus étroite, offre un décor différent. Les hauts immeubles disparaissent et laissent la place à des bâtiments de petite taille, abritant des commerces aux devantures chatoyantes. Au-dessus d'eux, d'innombrables câbles traversent la rue et les trottoirs devenus plus étroits. Face à eux, une femme pressée tire énergiquement une carriole remplie de nourriture. Les pots d'aliments colorés tiennent par miracle sur le chargement insolite. Émilie et Arthur se demandent s'il s'agit d'un pousse-pousse recyclé pour les besoins de la cause, échangent un sourire complice.

Plus loin, un feu de signalisation vient bloquer toutes les velléités des cyclomotoristes, la plupart associés en duos. Progressivement, ils se rapprochent les uns des autres, formant d'abord plusieurs lignes, puis un véritable amas de casques multicolores. L'image est saisissante mais fugace, la circulation reprend ses droits, dans un bruit redoublé de moteurs vrombissants.

Peu après, la gare routière d'Hô-Chi-Minh-Ville est en vue. Une façade très quelconque leur fait face, qui pourrait être celle d'un aéroport ancien comme celle d'un supermarché exotique. Passée l'entrée, un espace vide aux allures de décor de cinéma révèle des cohortes de bus, regroupés par couleurs, de minibus et de vans. Seront-ils au rendez-vous ? Pas de raison d'en douter a priori, au vu du texto reçu par Émilie quelques minutes auparavant. En effet, ils les attendent : Jean, le représentant français de l'association, installé dans le pays depuis peu, leur adresse un petit signe et alerte son voisin, un homme de type vietnamien qui l'accompagne. La rencontre rompt le silence qui s'était installé entre Émilie et Arthur pendant la marche.

— Bonjour à tous les deux, très heureux de vous voir, je vous présente Bao Quôc, notre accompagnateur. Il est du voyage avec nous et nous aidera à nous diriger et à communiquer.

L'homme, de petite taille, aux yeux pétillants et malicieux, les salue d'un sourire appuyé. Sa barbe négligée poivre et sel style *ducktail* laisse deviner un âge autour de la cinquantaine. Son costume bleu foncé trop chaud pour la saison et sa casquette en coton épais pourraient le faire passer pour un marin. Officiellement traducteur, Bao Quôc offre aussi ses services pour parcourir le pays et ses provinces. Et semble paré pour la mission, quoi qu'il arrive.

Compte tenu de l'heure de départ prévue de leur bus, Jean propose de prendre le temps de se restaurer. Ils jettent leur dévolu sur le kiosque de rue le plus proche et se régalent d'une soupe de nouilles épaisse, bœuf et porc. La conversation, au départ un peu confuse, mêle français, anglais et vietnamien. Jean leur parle du trajet qui les attend, adopte un ton léger et enjoué pour détendre l'atmosphère. Bao Quôc est peu disert, mais abonde régulièrement dans le sens de Jean en hochant la tête, reformulant maladroitement quelques phrases en français. Émilie et Arthur les écoutent attentivement, beaucoup moins bavards qu'à l'accoutumée. Sentant l'émotion les gagner peu à peu, ils se préservent, se préparent au fait qu'elle va monter crescendo. Même le jeune homme, d'ordinaire si volubile, est dans la retenue. Émilie et lui n'ont qu'une hâte : voir arriver l'heure du départ. Bientôt, tous les quatre se dirigent vers leur bus pour embarquer en direction de la province de Ben Trê. Ils comprennent rapidement qu'ils vont être accompagnés de nombreux touristes, venus de différents horizons.

Progressivement, le bus s'extirpe de la bouillonnante métropole pour prendre la route de l'exotique province. Émilie et Arthur, assis côte à côte, gardent les yeux rivés sur le paysage qui défile. S'ils n'échangent toujours que peu de mots, ils partagent la même impatience, le même sentiment de curiosité, et une certaine forme d'appréhension. Jamais ils ne se sont sentis aussi proches. Depuis la révélation de leur lien de sang, leur relation a pris un sens nouveau. Malgré la distance qui les sépare, les contraintes d'agenda, notamment pour Émilie, la préparation de ce voyage a constitué un véritable projet commun. Ils ont vécu dans la perspective de réaliser un acte fondateur, à l'image de ce que Sabine et Dimitri avaient vécu des années auparavant.

S'enfonçant résolument vers le sud du pays, le bus conserve une allure très modérée. Des nuages capricieux colorent le ciel d'un blanc laiteux. À l'heure où les ombres ne sont pas encore nées, une lumière pailletée éclaire le panorama changeant. Plus loin, le bus s'engage sur un immense pont enjambant l'une des branches du fleuve Mékong. « Le fleuve des neuf dragons », leur souffle un Jean contemplatif de l'impressionnant débit dû à la haute marée. Au fil des kilomètres parcourus, la nature est de plus en plus présente, l'habitat de plus en plus dispersé. Les deux jeunes gens aperçoivent des maisons sur pilotis, qui semblent être là depuis des siècles. D'innombrables canaux envahissent les terres, dessinant des rizières accueillantes. Bientôt, les cocotiers se font de plus en plus nombreux, jusqu'à former de véritables jungles. Au beau milieu de cet exotisme envoûtant, le bus ralentit et marque un premier arrêt. Émilie et Arthur ne cachent pas leur surprise lorsque leurs deux accompagnateurs leur indiquent de descendre. Le voyage prend un tour nouveau : chargés de leurs sacs, ils embarquent tous quatre à bord d'une voiture d'un autre âge. Et le trajet se poursuit à bord de ce véhicule qui, de toute évidence, les attendait. Le chauffeur, mutique mais sûr de son fait, emprunte ce qui ressemble désormais à une route de campagne, puis un chemin de terre. Arthur ne peut s'empêcher de penser aux autoroutes new-yorkaises et s'amuse intérieurement de cette comparaison. Désormais, de village en village, le paysage n'est que rizières et cocotiers. Des canaux, petites rivières, de plus en plus nombreux, sillonnent la plaine. Ils croisent quelques habitants, affairés à leurs tâches quotidiennes. De temps à autre, des anges poussiéreux, surprenantes figurines, croisent leur regard, dans un étonnement réciproque. Se sentant si proche du but, Émilie ressent le besoin de saisir le bras d'Arthur pour ne plus le lâcher. Il est des moments dans la vie où l'on est confronté à une vérité profonde, originelle, et les deux jeunes gens s'apprêtent à vivre un tel moment. À la sortie d'un village, peuplé de modestes maisons éparses, le véhicule ralentit son rythme, puis s'immobilise.

— Nous y sommes, les enfants, croit utile de préciser Jean. Prenez vos sacs, c'est juste là.

Tandis que le soleil déclinant tente timidement de percer les nuages, frère et sœur, le cœur et l'âme en émoi, se dirigent vers ce quelque part entre rêve et réalité.

Assise en bordure d'étang, la maison en terre battue offre une vision insolite : elle semble former le prolongement du sol sur lequel s'appuient ses murs. Son toit en chaume lui confère un charme indéniable. Sur l'un des côtés, une pente de toit descend plus bas et communique avec un réservoir d'eau de pluie. Partout autour, une végétation verdoyante et luxuriante, des cocotiers affleurent le talus contre l'étang, recouvert de fleurs de nénuphars. Des plants potagers, des légumes croissent ici et là. Précédés par leurs deux accompagnateurs du jour, Émilie et Arthur s'avancent timidement. À présent, les sacs leur pèsent, ils ne savent que faire de leurs bras et de leurs mains. Sans doute alertée par le bruit de leur arrivée, une femme sort de l'habitation et vient au-devant d'eux. Un visage affable et paisible leur fait face. Quand les deux jeunes gens l'observent tour à tour, détaillent ses traits, le temps s'arrête. Bao Quôc prononce quelques mots en vietnamien, puis c'est Jean qui s'adresse à eux :

— Les enfants, j'ai le plaisir de vous présenter Minh Tâm, votre maman.

Sans un mot, celle-ci se rapproche d'Émilie, s'empare de ses avant-bras, puis saisit ses mains. Dans un geste d'affection spontané, sa main vient caresser la joue de la jeune fille sur laquelle roulent les premières larmes. Son autre main invite Arthur à se joindre à elles deux, ses yeux plongent dans les leurs et viennent bientôt sonder leurs cœurs. L'instant est tellement fort, ils s'en voudraient presque d'avoir tenté de vivre la scène des dizaines de fois auparavant. Une corde ancienne vibre en eux, inconnue et indescriptible. Alors, des mots sortent de sa bouche, sans qu'ils puissent en saisir le sens.

— Elle dit : « Vous avez fait long voyage, venez dedans maison », reprend Bao Quôc.

Ils suivent Minh Tâm et pénètrent dans la petite maison. Foulent le sol en terre, découvrent un ameublement sommaire. La propriétaire des lieux commente l'intérieur, assez obscur, les trois pièces, mêlant gestes et mots incompréhensibles. Ils sont peu attentifs aux explications de leur traducteur. Ils imaginent combien le quotidien est miséreux pour cette femme, combien il est éloigné du leur. Ils aimeraient être seuls avec elle. Rien que tous les trois. La barrière de la langue n'est pas un problème. Ils se sentent capables de trouver un langage commun. Ils en ont la volonté. Cette sensation est inédite, mais tout se passe comme si elle ne leur était pas totalement inconnue. Un premier vœu est exaucé : Jean et Bao Quôc s'effacent. Comme prévu, ils se rendent chez l'habitant pour passer la nuit.

Minh Tâm continue de s'adresser à eux, lentement, calmement, occultant totalement le fait qu'ils ne parlent pas la même langue. Eux l'observent avec pudeur, détaillant ses traits, s'amusant de points de ressemblance, fascinés par les marques que le temps a gravées sur son visage, son front, ses mains. « Ky Duyên », répète-t-elle en adressant un regard appuyé à Émilie. Troublée, la jeune fille lui répond : « É-mi-lie », l'invitant à prononcer son prénom, détachant chaque syllabe. Ils se regardent en silence. Tout en retenue, ils ne se sentent pas autorisés à lui dire qu'ils savent, qu'ils sont au fait de leur histoire. L'histoire de leurs parents est celle de leurs racines. Père et mère menaient une existence miséreuse. Comme des centaines d'autres hommes, le papa était employé à la production de noix de coco. Un travail difficile et faiblement rémunéré. Sa mauvaise santé l'empêchait de mener une activité régulière, ce qui impactait défavorablement les ressources du foyer. Minh Tâm et son mari n'étaient matériellement pas en mesure de subvenir aux besoins d'une famille. Comme tant d'autres, leurs enfants étaient confiés à un orphelinat, dès le plus jeune âge. De vacillant, l'état de santé du père est devenu déclinant. Malgré l'attention portée par sa femme, il ne pouvait plus travailler. La mort l'a emporté dans la fleur de l'âge. Aucune photo dans la maison ne rappelle sa mémoire. Devenue veuve, Minh Tâm a redoublé d'activité dans la jungle de cocotiers, dédiant son existence à «l'arbre de vie».

Les voici désormais installés à l'extérieur, assis en tailleur devant la maison, face à l'étang endormi. Arthur prend la parole, persuadé qu'elle le comprend :

— Tu m'as mise au monde, voici ceux qui m'ont élevé, lui montrant l'écran de son appareil mobile.

Des photos de Virginie et Jérôme défilent en diaporama. Des instantanés de vie d'un couple et de son fils. Vacances à la neige. Gâteau d'anniversaire. Grimaces, pitreries en tous genres. Puis des images de la mégapole américaine. De véhicules haut de gamme. D'un Arthur tout sourire au volant d'une impressionnante limousine. Tandis que le jour décline, une lumière rose enveloppe le ciel, des ombres se forment sur le visage creusé de Minh Tâm. Elle les regarde affectueusement, reprenant par intervalles son monologue. La jeune fille prend le relais de son frère, tire de son sac un magazine consacré au tennis. Elle montre les images et donne quelques explications, recourant de temps à autre à quelques mots anglais inutiles.

L'esprit d'Arthur vagabonde. Lui d'ordinaire si loquace, se laisse absorber par ses pensées. On est ce qu'on devient. Parce qu'on mène la vie que l'on choisit de mener. Mais fondamentalement, on est aussi ce que la nature nous transmet. «Être né quelque part», dit une ancienne chanson. Qui est-il vraiment, lui, aujourd'hui, jeune adulte ? Comme chacun, un être complexe, pluriel, multiple. D'où lui vient cette soif de découverte, ce désir de croquer le monde ? Son père biologique, qui semble n'avoir jamais existé, abritait-il en lui une âme d'aventurier caché ? Quelle part a-t-il en lui de ce petit bout de femme qui lui fait face ? À bien y réfléchir, quel être lui est le plus étranger, ou à l'inverse, le plus familier : Virginie, sa maman de cœur, qui l'a élevé, aimé, aidé à se construire ? Minh Tâm, sa maman de ventre, qui lui a donné la vie, transmis des choses imperceptibles ou qu'il ne perçoit pas encore ? Il éprouve alors l'intime conviction qu'il ne faut pas y voir de paradoxe, juste une complémentarité, un prolongement ; comme lui, elles sont les maillons d'une chaîne.

À l'invitation de leur hôte, ils gagnent l'intérieur de la maison. Avec maladresse, et une once de gêne amusée, ils aident la maîtresse de maison à finaliser la préparation du repas. Partagent d'étonnantes boules de riz renfermant haricots, cacahuètes et herbes aromatiques. Continuent de se parler, sans toutefois toujours se comprendre. Personne ne cherche à rattraper le temps, juste à vivre le moment présent.

Émilie et Arthur sont couchés côte à côte, chacun dans un lit de camp, au milieu d'une chambre pourvue d'une petite table comme seul mobilier. Les avant-bras croisés sous la nuque, les yeux rivés au plafond, le jeune homme étend son bras vers l'épaule de sa sœur.

— C'est fort ce que l'on vit, hein ? Ça ne te remue pas trop ?

— Tu sais, j'y ai tellement pensé avant. En fait, rien ne m'est familier ici, mais elle me touche, il y a tellement de sincérité en elle.

— Tu sais la réflexion qui m'est venue ? En tant qu'enfants adoptés, on a une certitude : c'est celle d'avoir été désirés.

— Qu'est-ce que tu veux dire par là ?

— Que vis-à-vis de leurs parents biologiques, certains enfants peuvent avoir le doute toute leur vie.

— Tu y vas fort ! Je ne raisonne pas ainsi. Venant de toi, cette réflexion m'étonne. On ne refait pas le passé. Maintenant que nous l'avons retrouvée, et qu'elle nous a retrouvés, la question est de savoir comment, à partir de maintenant, nous allons tisser un lien avec elle.

Émilie sait qu'il lui sera difficile de trouver le sommeil. La faute à la dopamine, au surplus d'adrénaline, voire au conflit entre les deux. Désormais, la jeune sportive connaît cet état d'effervescence d'après-match, quand celui-ci a été particulièrement âpre ou à fort enjeu de classement. Mais ce bouillonnement émotionnel aujourd'hui, elle ne l'a pas encore totalement apprivoisé. A-t-elle envie de s'abandonner à la quiétude de cette nuit vietnamienne ; elle est plutôt tentée de se retrouver avec elle-même jusqu'aux premières lueurs de l'aube. Demain, que va-t-il advenir ? Quand reverra-t-elle, reverront-ils Minh Tâm ? Par une forme de pudeur, le sujet n'a pas été effleuré. Elle se tourne vers son frère, sur le point de s'endormir ; après tout, même un non-dit laisse libre cours à tous les possibles.

À l'amorce de la descente, en grimpeur habitué des gestes maîtrisés, il étend le bras et jette à terre l'encombrant matériel, un long poteau de bois surmonté d'une faucille. Avec une rapidité surprenante, en quelques fractions de seconde, il est au sol. Un sourire enfantin illumine son faciès tandis qu'il offre sa récolte aux yeux de ses compagnons de travail. D'un geste précis, il libère les noix de coco vertes attachées à la corde, laissant apparaître ses mains sombres, remplies de crevasses, de cicatrices et de durillons. Malgré la chaleur éprouvante, humide, il ne porte pas de chapeau ; son visage marqué est en sueur, et ses fins cheveux noirs remplis de poussière et de petits débris de feuilles, car il a profité de l'ascension pour éclaircir le feuillage du cocotier. Il essuie son front ruisselant d'un revers de manche, prêt à partir à l'assaut de l'arbre suivant. Au royaume des cocotiers, il est un prince. Sans doute l'un des meilleurs cueilleurs de la plantation. Malheureusement, parfois, sa santé le trahit ; à certaines périodes de l'année, il n'est pas en état de travailler. Tous ont remarqué ses absences de plus en plus fréquentes, son teint blafard. Quel âge a-t-il exactement ? Nul ne le sait vraiment, son corps mince et musclé pourrait être celui d'un jeune homme, ses yeux fatigués, ses joues creuses et ridées lui donnent l'apparence d'un vieillard.

Plus loin, dans le prolongement de la forêt, la mangrove étend son influence au-delà du fleuve. Les marais s'amenuisent en canaux, puis forment une zone d'eau calme, abritant une île, paradisiaque et mystérieuse. Cernée d'arbres, dont les immenses racines en forme d'échasses s'enfoncent dans des vases saumâtres, elle cache en son sein une forêt amphibie. Ici, les rayons du jour déclinant flottent comme des pétales dorés à l'horizon.

En cette fin d'après-midi, ils font leur retour. Le bruit du battement de leurs ailes brise le calme ambiant. Des centaines, des milliers d'oiseaux atterrissent sur le sommet des arbres. Comme si les différentes espèces s'étaient donné rendez-vous, comme si elles connaissaient par cœur le point de convergence. L'instant d'après, le silence règne à nouveau. Puis, peu à peu, le chant commence à se faire entendre. L'îlot voisin est celui des cigognes. Des escouades organisées effectuent un ballet, une rotation dans laquelle les équipes de nuit viennent relever les équipes de jour. Alors que l'obscurité enveloppe doucement le ciel et la terre, une cigogne prend son envol, quitte son observatoire privilégié sans faire cas de ses congénères. Le cou tendu, elle utilise toute son envergure dans un vol plané régulier. Elle survole le fleuve assoupi, bifurque au-dessus d'une plage de sable fin déserte, retrouve une forêt de bambous. Son vol semble ralenti, de plus en plus difficile. Elle se fatigue, mais reste déterminée à suivre sa trajectoire. Elle porte quelque chose, qu'elle n'a pas l'habitude de transporter. Quelque chose qui entrave son périple, qui lui demande beaucoup d'efforts, mais dont elle assume la charge. Quel est ce fardeau ? Le ciel sombre, sans étoiles, ne peut éclairer la scène et ne révèle aucun indice. Que porte-t-elle ? Cela fait corps avec elle, en une association insolite et pourtant naturelle. Un être vivant, un enfant ?

Un souffle léger, régulier, soulève doucement sa poitrine. Le vieil homme endormi est allongé à même le sol, à l'ombre des arbres géants. Son esprit voyage à l'intérieur d'un immense temple, partiellement détruit. Il trouve son chemin en s'aventurant d'instinct dans ce qui ressemble à un labyrinthe. Passée l'entrée décorée de quatre animaux sacrés, il est ébloui par la luminosité colorée de vitraux anciens. Il erre de salle en salle, remplies de statues de bouddha, puis retrouve l'air libre et fait face à des jardins luxuriants. Il gravit les marches qui le mènent à l'intérieur d'un sanctuaire. Il est fasciné à la vue des immenses colonnes sculptées de dragons multicolores. Il s'assoit sur un siège, s'imprègne de la solennité du lieu, ferme les yeux. Il est ainsi le seul à la voir. Il observe la cigogne poursuivre son vol délicat. Par moments, il lui semble qu'elle prend visage humain. Elle cherche à parler, mais aucun son ne sort de sa bouche. Elle est une allégorie de quelque chose, mais il ne saurait en définir plus.

Il est près de quinze heures quand Arthur s'éveille, encore accroché à son rêve fantastique. Troublé par le fait que chaque détail lui revienne en mémoire. Après une nuit de travail l'ayant amené à sillonner Manhattan en nocturne, il est rentré au petit matin et a goûté à un sommeil réparateur. Pourtant, ce rêve…
Un bruit de sirène familier vient lui rappeler qu'à cette heure de la journée, la vie d'Harlem bat son plein. Mais il a envie de laisser ses pensées vagabonder en dehors de cette réalité urbaine. Il remonte sa couette, enfonce sa tête dans l'oreiller moelleux et dirige son regard vers la petite fenêtre de son studio. Une certitude s'impose à lui : le voyage au Vietnam avec sa sœur a réveillé des choses en lui. Pendant son sommeil, dans un songe fantasmagorique, il a rêvé de son père. Biologique. Un homme qu'il n'a jamais connu, dont il a si peu entendu parler. Cela ne l'a pas empêché de se construire, de devenir quelqu'un dans la vie. Ni d'avoir un père, un autre, celui qui compte vraiment. Cependant, son imaginaire, son inconscient ont eu besoin de reconstruire une histoire, un passé. De sa petite enfance, d'une quelconque relation paternelle, il n'a aucun souvenir, alors son subconscient lui en procure. Se rappelant soudain que le monde l'attend, il bondit hors de son lit en direction de la douche.

Balle courte à droite, vite se déplacer vers l'avant. Balle longue au centre, vite se replacer. Nouvelle balle courte, de l'autre côté cette fois-ci. Et la cadence s'accélère. Cette séance d'entraînement tourne au supplice, tant pour les muscles ischio-jambiers que pour le rythme cardiaque. Mais Émilie est heureuse, car rassurée. Sa tête et son corps réagissent bien à cette charge de travail. Ce qui la conforte dans l'idée qu'elle a pleinement récupéré de l'accident. Elle ne ressent aucune gêne. Un léger sentiment d'euphorie l'envahit : elle aime éprouver sa capacité à travailler dur. Désormais, les entraînements sont quotidiens. Et une structure se met en place autour d'elle. Coordonnée par sa fédération, qui encadre son travail et l'accompagne dans tous les domaines. Cette semaine sera décisive : elle doit contractualiser les relations avec les trois personnes qui vont travailler avec elle : un entraîneur, un préparateur physique, un agent. Cette étape importante marquera son entrée dans le tennis professionnel.

« Quand les planètes sont super bien alignées, comme c'est le cas pour toi en ce moment, il faut en profiter au maximum et chercher à décrocher la lune ! » lui a dit Arthur avec son sens de la formule habituel. Elle a pleinement conscience des sacrifices à faire, des efforts à fournir et de la constance à démontrer, pour réussir sur le circuit. Peu importe le talent, certaines seront peut-être plus talentueuses qu'elle. La clé, c'est la détermination. La volonté de se battre sur chaque point joué, comme si votre vie en dépendait. Dans quelque temps, si nécessaire, en fonction des résultats obtenus, elle pourra faire appel à un coach mental. Ne pas brûler les étapes, ne pas se croire arrivée. Se retrouver à la tête d'une petite PME de quatre personnes, avec un palmarès sportif encore vierge, est déjà une lourde responsabilité. Sabine sera aux côtés de sa petite championne le jour des signatures, pour ce moment important. Elle a prévu de rester une nuit avec elle avant de repartir le lendemain.

Dans le train de banlieue qui la ramène dans les Yvelines, Émilie est toute à ses pensées. Son regard se perd dans le paysage qui défile, troublé par la danse singulière des gouttelettes de pluie collées à la vitre. Elles s'étirent comme aspirées par une force invisible, pour finir par disparaître on ne sait où. Elles semblent se renouveler dans un mouvement perpétuel incontrôlé. Le dos bien droit, les membres relâchés, Émilie tient du bout de ses doigts la lettre posée sur sa cuisse. Une lettre écrite à plusieurs mains, signée de celle de Minh Tâm. Jean et Bao Quôc ont collaboré pour coucher sur le papier la retranscription de ses paroles. Même si elle ne révèle rien de plus sur leur histoire, cette lettre est d'une valeur inestimable. C'est la lettre que l'on relit toute sa vie, celle que l'on range soigneusement au même endroit, que l'on chérit comme on prend soin d'un bien de famille. Minh Tâm y parle de sa propre enfance, de ses parents, de l'âpreté de la vie, du travail du cocotier, des moyens de subsistance. Des âmes des ancêtres qui sont présentes parce qu'elles survivent, ainsi que survit celle de son défunt mari, et ainsi que survivra la sienne. De son legs à l'existence, son seul don à la vie terrestre : ses enfants. De la résignation des familles, dont la sienne, à s'en séparer. Des priorités, tangibles : que les enfants mangent à leur faim, ne manquent de rien, fassent leur vie, même s'ils sont séparés de leurs parents. Du lien inaltérable qui les unit. Pour toujours.

Émilie mesure une nouvelle fois, à travers l'écrit, la force de cet amour maternel. Son universalité, quand il s'exprime par une autre culture. Par ces mots, elle comprend comment cet amour ne demande qu'à vivre et se répandre, comme il est capable de se multiplier à l'infini. La jeunesse arbore la tenue légère de l'insouciance. Mais dans le manteau de l'âge adulte se trouve un héritage de vie, de sentiments. Elle accepte de le porter, pour transmettre autour d'elle et, plus tard, après elle. Comme ce train qui s'arrête par endroits, sa trajectoire de vie ne sera pas linéaire. Comme ce train qui module sa vitesse, il faudra s'adapter aux situations. Comme ce train qui, quels que soient les aléas, arrivera à destination, elle aussi est destinée à aller quelque part.

Bien décidé à occuper utilement son temps avant de reprendre du service, prévu en début de soirée, Arthur quitte l'appartement et s'élance dans Harlem. Il arpente les rues, à la recherche de tout ce qui pourra aiguiser sa curiosité. Il est particulièrement friand de ces moments de découverte où, les sens en éveil, il se sent en totale liberté. Ses pas le mènent vers le quartier d'Hamilton Heights, dans le district de West Harlem. De nombreuses communautés y vivent, en bonne harmonie ; le niveau de vie moyen y a sensiblement progressé ces dernières années. Arthur se souvient avoir lu un article décrivant le phénomène de gentrification qui s'est développé dans ces quartiers. Une chose le frappe : selon toute apparence, cet embourgeoisement, cette progression de la mixité sociale se sont produits en dehors de la communauté asiatique. Celle-ci est peu représentée ou en tout cas peu visible.

Un vent léger, venant de l'ouest et de la proche rivière Hudson, se renforce. Arthur relève la capuche de son sweat-shirt et s'enfonce dans une allée verdoyante bordée d'imposants hôtels particuliers et de maisons urbaines en grès rouge. La propreté des larges trottoirs, la netteté des escaliers et des façades des *brownstones* témoignent du renouveau de ces quartiers cossus. Arthur croise un exubérant groupe d'étudiants afro-américains, manifestement en plein débat enflammé sur le déroulement de la saison des Yankees, célèbre équipe de baseball de la ville. À l'amorce de la prochaine avenue, son regard se pose sur une devanture rouge vif, ornant la façade d'un mur en petites briques. Disposant encore d'un peu de temps devant lui, Arthur décide de pousser la porte du bar. À l'intérieur, la décoration en bois associée à une ambiance feutrée confèrent à l'endroit une atmosphère accueillante. Le jeune homme jette son dévolu sur un haut tabouret verni. Rien de tel qu'une bonne marche, énergisante, pour se sentir bien dans son corps. Machinalement, il masse sa nuque, qu'il ressent parfois comme engourdie, souvenir physique de l'accident de voiture.

Tandis qu'il entame la lecture de la liste des cocktails de fruits, pour le moins originaux, proposés à la carte, un jeune homme prend place sur le tabouret voisin. Un magnifique étui de violon l'accompagne, ce qui contraste avec son apparence. Très grand, blond, vêtu d'une longue veste de sport, il ferait plutôt office de basketteur. En habitué des lieux, il commande rapidement une bière en bouteille, puis se plonge dans la lecture d'une partition. Au moment où il est servi, et Arthur relancé sur son choix, un des feuillets tombe au sol. Le jeune chauffeur est plus prompt à le ramasser et le remet au musicien.

— Bravo, moi, j'en suis incapable.

— De ? répond son interlocuteur.

— Lire de la musique, et encore moins en jouer.

— Je ne suis que débutant. J'ai la chance de suivre des cours à la Harlem School of the Arts. Les enseignements ont beau être de grande qualité, en effet, après, il faut bosser seul.

— Combien d'heures par semaine ?

— Cela dépend de mon emploi du temps. Mais je fais en sorte de me réserver un créneau quotidien. Et de temps en temps, je fais une pause ici. Je m'appelle Anthony.

— Arthur. Je conduis des limousines. Mes compétences en musique se limitent à créer des playlists ! Mais mes clients apprécient, glisse-t-il avec malice.

— Et tu nous arrives d'où, Arthur ?

— Je suis français. Oui, je sais, ça ne saute pas aux yeux. Installé à Harlem depuis quelques mois.

— Ravi de te connaître. Tu achemines à bon port des célébrités ?

— Pas vraiment. En tant que junior, j'ai plutôt droit aux petits groupes de touristes, qu'il faut aller chercher à l'aéroport, convoyer à Battery Park, des choses dans ce genre. Mais chaque jour est différent, aucune nuit ne ressemble à une autre, et ça me plaît, lui dit-il, portant son verre de cocktail à ses lèvres.

— Tant mieux. Je suis sûr que tu as du succès auprès de tes clients. Tu me fais penser à un garçon de notre groupe.

— Un groupe de musique ?

— Pas exactement, on est une bande d'amis, filles et garçons, à fréquenter la même école, chacun a son instrument. Tom, lui, suit les cours de saxophone. C'est marrant, vous vous ressemblez beaucoup.

À cet instant, Arthur manque d'avaler de travers, traversé par cette idée cocasse : un parent, un cousin caché, se trouverait dans cette bonne ville de New York ? Comme il s'amuse de cette pensée saugrenue, Anthony lui propose :

— Si ça t'intéresse de venir voir l'école et ce qu'elle propose, on se donne rendez-vous ici la semaine prochaine, même jour même heure, si tu es libre. Je t'accompagnerai. Tu pourras faire la connaissance de Tom et des autres.

— Je ne pourrai pas me libérer la semaine prochaine, Anthony, mais OK pour celle d'après.

En sortant du bar, Arthur se dit que la découverte de cette école de musique, et surtout de cette bande d'amis, doit être l'occasion de nouer des liens intéressants. Après plusieurs mois de vie new-yorkaise consacrés au travail, il est temps pour lui de débuter une vie sociale digne de ce nom.

Peut-être est-ce dû à une sorte de contrecoup psychique. À un relâchement inconscient, ou, à l'inverse, un excès de pression. Le fait est qu'Émilie n'y arrive pas. « Le tennis, c'est vingt pour cent de technique, vingt pour cent de physique, et soixante pour cent de mental », lui a rappelé Gilles, son nouvel entraîneur. Depuis son entrée officielle sur le circuit professionnel, rien ne fonctionne comme prévu. La jeune femme ne se sent pas au mieux physiquement, ce qui rend les séances d'entraînement quotidiennes plus pénibles qu'elles ne l'ont jamais été. Et en compétition, cela ne tourne pas rond, c'est même catastrophique. Trois tournois disputés en France et en Belgique pour autant de défaites au premier tour. C'est comme si elle avait perdu l'essentiel de ses sensations. Sa frappe de balle n'a ni la puissance ni la précision habituelles. Ses déplacements, habituellement son point fort, sont laborieux. Elle est en retard sur la plupart des balles. Pour couronner le tout, Émilie ne parvient pas à mobiliser sa belle énergie habituelle, elle se sent fatiguée. Et commence à s'avouer quelque chose, qu'elle a pour l'instant caché à son entourage : elle ressent une vague douleur, plutôt une gêne, sur un côté, en bas du dos.

— J'ai pris rendez-vous chez le doc pour un check-up complet, tu le vois cet après-midi, je t'accompagnerai, cherche à la rassurer son entraîneur, très présent.

— Merci, Gilles, tu n'es pas obligé de venir, sais-tu combien de temps cela dure ?

— Peu importe, nous devons investir ce temps-là. Tu souffres peut-être d'une carence, d'un déséquilibre hormonal. Il faut investiguer pour pouvoir agir de façon ciblée. Et repartir d'un bon pied, sans brûler les étapes.

Gilles prend son rôle très au sérieux. Jeune entraîneur issu de la Fédération, sans expérience, il entend mener à bien sa mission : mettre sa protégée dans les meilleures dispositions et l'accompagner au maximum de ses possibilités. Car il est convaincu par ses aptitudes, croit en son potentiel. C'est une relation symbiotique qu'il cherche à bâtir avec sa joueuse. Avec une conviction chevillée au corps : tous les deux doivent grandir ensemble. S'il a une grande confiance en l'avenir d'Émilie, il sait que seule, ou mal coachée, elle n'arrivera à rien.

La structure médicale est dédiée aux sportifs de haut niveau. Quelques grandes fédérations en assurent le fonctionnement. Émilie est soulagée d'avoir affaire à un médecin femme. Qui lui propose en premier lieu un entretien exploratoire très large. Via un questionnement ouvert sur son hygiène de vie, son sommeil, son alimentation, ses antécédents, ses sensations physiques lors des entraînements et pendant les matches, les manifestations de la gêne ressentie. S'ensuit une série de prélèvements, salivaires, sanguins, urinaires. Puis retour dans le bureau pour quelques examens médicaux de base. Avant un nouvel entretien, accompagné d'un examen plus attentif de la zone douloureuse. À l'issue, la médecin explique qu'elle lui prescrit une échographie du rein, et qu'en fonction des résultats, une imagerie sera réalisée.

— Nous faisons en sorte de vous faire subir les examens très rapidement, dès les prochains jours, mais d'ici là, je tiens à vous dire que vous restez au repos complet.

Six jours plus tard, Émilie est de retour dans le même cabinet. Son moral n'est pas au beau fixe. Une semaine sans entraînement, où elle a dû tromper son ennui, cela pèse. De plus, elle n'a pas l'impression que ce repos forcé lui ait été profitable. Elle n'a pas recouvré son tonus habituel. Pire, elle a l'impression que son teint s'est altéré, elle trouve son visage rembruni.

La professionnelle de santé qui la reçoit lui parle sans détour :

— Émilie, nous nous voyons aujourd'hui pour faire le point sur les résultats des examens et envisager la suite. Je ne vous cache pas qu'ils sont mauvais. Comme nous pouvions le craindre, votre rein est malade. Nous avons beaucoup échangé avec l'équipe médicale, qui comprend des spécialistes, dont un néphrologue et un urologue. L'avis rendu est en deux phases : d'abord, vous mettre au repos et suivre un traitement, qui ne serait d'ailleurs pas compatible avec la pratique de sport de haut niveau. Puis regarder dans quelles conditions une greffe peut être réalisée.

Un gouffre de doute et de peur s'ouvre sous les pieds d'Émilie. Sa voix tremble, semble venue d'ailleurs :

— Mon rein est touché au point d'avoir besoin d'une greffe ? Mais qu'est-ce que j'ai, Docteur ? interroge-t-elle avec anxiété, pas vraiment préparée à un diagnostic aussi dur.

— Nous pensons qu'il s'agit d'un facteur héréditaire. Mais nous sommes très confiants vous concernant, vous êtes jeune, par ailleurs en pleine santé, et la transplantation rénale est un acte de chirurgie très bien maîtrisé aujourd'hui, qui donne d'excellents résultats.

— Sauf que vous êtes en train de me dire que je dois tirer un trait sur ma carrière, c'est cela ? demande une Émilie au bord des larmes.

— Je comprends votre réaction. C'est un coup d'arrêt, un contretemps. Disons de quelques mois, un an tout au plus. Tout dépendra du calendrier de l'intervention. Et après, vous repartirez à l'assaut du tennis mondial, soyez-en convaincue.

En dépit d'un dernier échange réconfortant, la jeune championne quitte le bureau du médecin tête basse et retrouve Gilles qui l'attend dans le hall d'accueil. À sa mine renfrognée, son masque de stupeur, le coach comprend qu'il se passe quelque chose et que le rêve de gloire sportive s'est peut-être envolé.

À peine installé, il les voit débouler dans le bar, chacun muni de son étui d'instrument. Un vague sentiment d'euphorie flotte, ils rient, se poussent, se moquent gentiment. Arthur a en tête de ne pas casser l'ambiance. Les dernières nouvelles communiquées par Émilie l'ont atterré. Céder à l'accablement, très peu pour lui ; cependant, il est normal de s'inquiéter pour sa sœur. La vie peut être injuste, il faut mener le combat. En luttant, on limite la part d'irrémédiable. Il sait sa volonté farouche, à lui de l'épauler pour la rendre plus forte encore. Il lui faut juste trouver comment.

Anthony fait les présentations et Arthur trouve en Tom un visage avenant et sympathique. Il parle de façon enjouée, avec un débit très rapide, si bien qu'Arthur a parfois du mal à suivre. Avant de rejoindre l'école de musique comme prévu, Tom propose une tournée. Ils ont un peu de temps devant eux, le jeune saxophoniste monopolise la parole. Il pose des questions.

— Alors comme ça, tu viens de France ? « *Bonjourre* », « *meurci* », « *jeu vous aimeu* », s'amuse-t-il.

— En effet. Et avant, d'un autre continent. Comme toi, apparemment.

— Né à New York City, de deux parents vietnamiens. Ils ont gardé des attaches fortes, ce sont leurs racines. Dès qu'ils le peuvent, ils partent au Vietnam voir la famille. La plupart du temps, je les accompagne, là-bas j'ai cousins, cousines, tantes et oncles. C'est vraiment un beau pays. J'adore !

— Ma mère y vit, dans la pointe sud. Je ne l'ai vue qu'une seule fois, indique Arthur.

— Nous sommes « compatriotes », alors ! Et le reste de ta famille ?

Est-ce l'effet de la bière forte qu'ils partagent ou la personnalité de Tom qui parle sans filtre et le met à l'aise, Arthur se livre à quelques confidences. Il évoque ses origines, ses parents adoptifs, sa sœur, et le souci de santé survenu récemment.

— Voilà le tableau, mais vous n'allez pas être en retard à votre cours ?

— Mettons-nous en route, on continuera à discuter pendant le trajet, répond Tom.

Sitôt dehors, il enchaîne, dans un style toujours aussi direct :

— Que disent les médecins, pour la greffe, il faut privilégier un donneur vivant ou mort ?

Un peu ébranlé par la question, Arthur lui demande s'il est familier de ce type de sujets.

— Mon père est chef de service au Mount Sinai Hospital, spécialisé en néphrologie. Alors tu sais, les cas comme celui de ta sœur, j'en ai entendu parler à la maison pendant des années... Il me semble que les résultats sont meilleurs en cas de donneur vivant, c'est pour cela que je me demandais si une réflexion avait été ouverte au sein de ta famille.

Tandis que l'école de musique est en vue, Arthur se met en retrait de la discussion et laisse les deux amis échanger sur l'ambiance de leurs cours respectifs. Cette discussion avec Tom lui permet d'appréhender la situation sous un jour nouveau. À ce propos, Émilie lui a-t-elle adressé un message subliminal ? Une greffe peut-elle, ou doit-elle, être réalisée avec un donneur volontaire, de son vivant ? Auquel cas, sur la liste des donneurs potentiels, il n'imagine qu'un seul nom : le sien. Il y a certainement une compatibilité à étudier, tout un tas d'examens préalables, mais voilà qui ouvre une perspective nouvelle !

À l'intérieur de l'immense bâtiment habillé de verre, les deux apprentis musiciens retrouvent les membres de leur groupe. Anthony présente à chacun le jeune Français, accueilli chaleureusement. Sur proposition de Tom, Arthur accompagne ce dernier à son cours de saxophone. Il peut y assister en tant qu'observateur. Une fois leurs instruments dûment assemblés, les élèves travaillent leur doigté sous le regard attentif de leur professeur. Les bouches se mettent en action et les sons des bois, un peu anarchiques, commencent à se faire entendre. Mais Arthur n'est plus vraiment dans la place. Son esprit est accaparé par les pensées autour de ce projet de transplantation. S'il s'est déjà documenté sur le sujet, il n'avait pas réfléchi aux questions soulevées par Tom. Peut-être que parler avec le père de Tom serait œuvre utile. Et si c'était lui, le donneur tout trouvé ? Quelle plus belle marque d'affection que d'offrir un organe à un proche ?

Émilie a posé ses valises à Toulouse pour quelques semaines. Le cocon familial est un refuge. Si sa détermination et sa foi en l'avenir ne sont en rien entamées, elle apprécie le réconfort de ses parents. Le monde du tennis n'est pas en reste : la nouvelle de son problème de santé s'est répandue comme une traînée de poudre, et la jeune femme a reçu de chaleureux témoignages de soutien. La coupure avec le tennis est un choc, un changement brutal. Cette énergie qu'elle ne dépense plus au quotidien, elle va l'utiliser à bon escient, dans ce combat pour sa santé.

Dans sa chambre, restée intacte depuis son départ de la maison, cohabitent plusieurs atmosphères. Celle de son enfance, symbolisée par quelques peluches, fatiguées mais toujours vivantes, remplies de souvenirs secrets, les cartes postales épinglées au mur, mosaïque de paysages ensoleillés, enneigés, exotiques. Celle de son adolescence, représentée par les affiches de stars du tennis, et les premiers trophées, coupes et médailles, en bonne place sur les étagères. En tenue décontractée, cheveux sagement noués, Émilie est assise à son bureau, face à son ordinateur portable. Difficile de lutter contre ce réflexe : la consultation de sites de santé. Elle concentre ses recherches sur les témoignages de patients ayant bénéficié d'une greffe.

D'un pas léger, Sabine rejoint sa fille dans la chambre, tout sourire. La savoir à la maison lui fait du bien. Elle n'a qu'une envie : lui consacrer du temps et de l'attention. À la pharmacie, elle a considérablement allégé son planning. Elle s'y rend pour traiter les affaires courantes et laisse le reste à son associée.

— On appelle ensemble, comme prévu, ma chérie ?

Un rendez-vous téléphonique a en effet été planifié avec la néphrologue. Des examens complémentaires devaient permettre d'affiner les préconisations en matière de transplantation. La spécialiste est ponctuelle et se montre particulièrement explicite.

— Mademoiselle Emblard, vous concernant, nous voyons clairement deux clés de succès. La première : agir vite. En intervenant rapidement, nous parcourons la moitié du chemin. La seconde : dans votre cas, nous pensons qu'un greffon familial serait optimal, en raison de la nature de votre pathologie, pour des conditions de compatibilité. À ce stade, puis-je vous demander si la question a été abordée avec votre famille, auriez-vous un donneur potentiel ?

— J'ai été adoptée à l'âge de deux ans, répond Émilie d'un ton hésitant en scrutant les yeux de sa mère. J'ai un frère, avec qui je n'ai pas abordé directement le sujet. Il est aux États-Unis. Et j'ai une mère qui vit aussi à l'étranger. C'est compliqué.

En répondant ainsi, elle se demande quel effet l'expression « **une** mère » produit dans l'esprit de la sienne, se tenant à ses côtés.

— Si je peux me permettre un conseil : dans l'hypothèse où ils seraient donneurs volontaires, ce sont deux pistes à explorer prioritairement. Il y a des hôpitaux partout dans le monde. En capacité de valider médicalement l'aptitude de votre donneur ou de votre donneuse. Un billet d'avion fera le reste. Bien entendu, si votre donneur est déterminé. Au-delà du fait que, légalement, le don doit être librement consenti, votre donneur doit être motivé. Le faire pour vous.

Pressentant l'état de circonspection de la jeune femme, la spécialiste temporise :

— Prenez le temps d'en parler. Échangez avec vos parents, je crois me souvenir que vous êtes chez eux en ce moment. Prenez du temps pour vous, du repos, suivez votre traitement. Le reste s'enclenchera naturellement, vous verrez. Et tenez-moi personnellement informée. Je suis là pour vous.

La conversation terminée, Émilie se sent un peu désemparée. Son regard erre entre les murs blancs et Sabine, ne sachant pas vraiment par où commencer. Son tempérament de battante est clairement mis à l'épreuve. Alors, comme souvent, la mère vole au secours de son enfant :

— Si je ne me trompe pas, c'est le matin à New York, à cette heure-ci, veux-tu que l'on appelle Arthur ensemble ?

Et sans laisser à sa fille le temps de répondre, elle enchaîne :

— On peut aussi rédiger un mail à l'Asso pour leur demander d'informer Minh Tâm…

— C'est compliqué, maman, tu comprends ; tu te rends compte de ce que je leur demande ?

— Oui, c'est compliqué, mais nous sommes ensemble, tu es forte et moi aussi. C'est dans l'action que l'on va surmonter la difficulté. On appelle ton frère.

L'initiative énergique de Sabine réveille le tempérament de la championne. Ils échangent un long moment avec Arthur. Comme à son habitude, le jeune homme ne cache pas son enthousiasme. Il a déjà échangé avec un professeur de médecine spécialisé dans le domaine, père d'un garçon rencontré récemment. Il est prêt à subir les tests et examens nécessaires, dès demain s'il le faut. Si les médecins donnent leur feu vert, il prendra un congé pour venir en France. C'est tout réfléchi. La solution est simple, à portée de main, motivante et porteuse d'un succès assuré. Après l'opération, lui reprendra une vie normale, la satisfaction du devoir accompli, et Émilie reprendra le cours de sa brillante carrière, qui l'amènera jusqu'aux sommets. C'est une chose entendue. Le père de son ami se mettra en rapport avec la spécialiste qui suit Émilie, pour une action coordonnée. La conversation prend fin sur une énième boutade d'Arthur, glissant sur ce moment d'émotion partagée.

Dans la foulée, Sabine entreprend de rédiger un mail à Jean, le représentant de l'association au Vietnam. Ses doigts parcourent le clavier d'ordinateur à un rythme rapide, marquant quelques pauses pour rechercher l'assentiment de sa fille. Sabine écrit sans détour. Décrit la situation telle qu'elle est. Indique pourquoi Minh Tâm doit être informée. Explique en quoi elle a peut-être un rôle à jouer. Justifie le fait de devoir agir vite. Indique à son interlocuteur qu'en toute évidence, Dimitri et elle assumeront financièrement l'intégralité des dépenses. Remercie Jean pour son action, et lui demande de la tenir informée du résultat de ses démarches. Après avoir obtenu le consentement d'Émilie pour l'envoi du message, elle prend sa fille dans ses bras, heureuse d'avoir franchi avec elle une première étape.

L'image qu'elle lui renvoie est presque incongrue. Elle paraît si petite, plus que dans le souvenir qu'il en avait. Son corps chétif est une île perdue au milieu d'un océan blanc. Où seuls son visage abandonné et ses yeux noirs émergent miraculeusement. Patiemment allongée, elle reste silencieuse, l'enveloppe d'un regard empli à la fois de douceur et d'énergie. Ce petit bout de femme, d'apparence docile, est un pur concentré de vitalité. La nature a voulu que ce soit elle. Une compatibilité parfaite, selon l'équipe médicale. Tout l'inverse d'Arthur. Le verdict des tests, sans équivoque, l'avait abasourdi. Passé le moment de stupeur, une colère sourde s'était emparée de lui. Il avait remué ciel et terre pour parler au père de Tom, exigeant des explications plus précises, cherchant à valider des certitudes sur des éléments statistiques. Celui-ci avait patiemment expliqué les risques déraisonnablement élevés pour Émilie que son frère lui donne son rein. On ne peut rien contre les lois de l'immunologie. À l'annonce du fait qu'il ne pourrait venir en aide à sa sœur, le jeune homme avait vacillé. Peut-être pour la première fois de son existence. Sa confiance inébranlable, en toutes circonstances, s'était fracassée contre une réalité clinique, scientifique. Si la coordination entre spécialistes américains et français avait été remarquable, sa conclusion avait été sans appel. Arthur ne pouvait être le donneur.

Dans le même temps, comme un signe du destin, l'hôpital vietnamien, en lien avec ses confrères parisiens, donnait le feu vert. Un aval médical sans réserve. En parallèle, toutes les précautions étaient prises, à distance, pour s'assurer du consentement de Minh Tâm. Un comité d'experts vietnamiens, en lien avec l'administration de santé française, s'assurait que son choix était libre, conscient des enjeux et des risques éventuels de l'opération. Elle serait la donneuse. Il ne restait plus qu'à organiser sa venue, dans les meilleurs délais. Elle qui n'avait jamais voyagé, jamais pris l'avion, jamais vraiment quitté son village. Enfant, elle avait tout juste rêvé de l'Europe, de l'Amérique, de ce que son imaginaire avait construit depuis la découverte, à l'école, de la carte du monde. Dans ses souvenirs, les lointains pays d'Occident étaient avant tout des couleurs. Chaque pays avait la sienne. Autant qu'elle s'en rappelle, sur la carte géographique de son enfance, la France était jaune. Sur le planisphère flétri fixé au mur de la salle de classe, ce pays, bien qu'assez petit, était au centre du monde. Elle se remémorait cette sensation : laisser vagabonder son regard sur la mosaïque de couleurs, laisser errer son imagination, voyager, rêver, pour revenir au centre et à ce mot magique : PARIS. Son pays, le Vietnam, était beige, tandis que le Cambodge voisin arborait une teinte rose vif.

Et maintenant, elle est là, couchée devant lui, calme, attentive. Elle est prête, il le sait. Prête à faire ce don. Lucide et déterminée. Jean, le représentant de l'association, a été du voyage, et a permis de faire le trait d'union entre deux cultures, deux langues. Mais dans cette aventure humaine, il n'est besoin que de peu de mots. Depuis son arrivée, Minh Tâm en est plutôt avare. Sans doute impressionnée par la découverte de ce nouveau monde, la ville, le bruit, l'agitation, l'univers hospitalier. Mais au fond d'elle-même, farouchement centrée sur un objectif. Concentrée à économiser son énergie et optimiser ses ressources. Il n'est pas question de rachat, ni de deuxième chance, mais de tout autre chose. De la vie, celle que l'on peut donner. Que l'on ne peut pas reprendre, sauf à commettre l'irréparable. Celle qui se situe au-delà de l'existence, celle qui est belle, fragile, unique, éternelle.

Tandis que l'on s'affaire autour de son lit en vue de la préparation de l'intervention, que l'on prie Arthur de quitter les lieux, Minh Tâm ne veut que ressentir l'importance de ce moment.

Elle entre en elle-même, comme si plus rien n'existait autour. Comme si elle cherchait délibérément à s'engouffrer corps et âme dans un tunnel, au bout duquel la seule issue possible est celle de la lumière. Ses doigts serrés contre le drap, elle se remémore les étapes de son existence, en remontant aussi loin que son esprit le lui permette. Intérieurement, elle suit le fil des événements heureux et tragiques de son enfance, de son adolescence, de sa vie d'adulte. Désormais totalement sourde à l'environnement extérieur et presque aveugle, elle continue de s'intérioriser et de voyager à travers sa mémoire.

Elle doit avoir cinq ou six ans. Avec ses frères et sœurs, elle attend au bord de la rivière, sans trop savoir pourquoi. À cette période de l'année, l'eau est d'une drôle de couleur, brune, aux reflets orangés quand elle est caressée par les rayons du soleil. Peut-être que cette eau n'est pas réelle dans cet endroit de la planète. Peut-être que du thé s'est mélangé à elle. Sans que quiconque ne se demande pourquoi. La pirogue approche. Émergeant de l'ombre, elle est un grand haricot sombre qui flotte et avance à grand-peine. La faute à l'imposante bosse verte qui occupe toute la place. Une montagne de noix de coco, précieuse cargaison. Les hommes se tiennent tant bien que mal à bord de la frêle embarcation. Soudain, l'un d'eux tombe à l'eau. Aux cris aussi vains qu'affolés, elle comprend que son père risque de se noyer. De disparaître à jamais dans cette eau étrange et maléfique.

Elle n'est plus une petite fille et pas encore une jeune femme. Sa mère lui ordonne de la rejoindre à l'intérieur de leur maison. Elles se figent toutes deux devant cette haute planche fixée au mur, où trônent de petits bols, quelques baguettes d'encens, d'autres objets hétéroclites inconnus pour elle. Objets dont elle ne s'est jamais sentie autorisée à demander l'usage. Pour la première fois de sa vie, sa mère lui décrit le monde des morts. Qui fait également partie de leur monde à eux. Car elle doit savoir qu'il n'existe qu'un seul monde : celui des vivants est aussi celui des morts. Alors elle lui parle de leurs ascendants, qui sont présents parmi eux chaque jour. Lui explique qu'il faudra leur sacrifier quelque chose, le jour où on célébrera ses fiançailles, par exemple. L'informe du fait qu'il revient à son frère d'assumer le culte des parents décédés, mais qu'elle aussi doit savoir et comprendre tout cela. Car les rituels ouvrent le chemin à la vie future.

Elle a beau travailler dur et aider son mari à la santé chancelante, il n'est pas possible de subvenir aux besoins de leurs bébés. Ils ne peuvent pas les garder avec eux. Elle le sait, ils l'ont compris. Trop pauvres pour les nourrir à leur faim et les élever convenablement. Comme tant d'autres familles autour d'eux, ils doivent se résigner à confier leurs enfants à l'orphelinat. Telle est la destinée de Chi Thành et Ky Duyên. Là-bas, ils pourront aller à l'école le matin, acquérir une éducation. Ils mangeront à leur faim. Participeront à la préparation des repas et au ménage. Ainsi, ils échapperont à la misère. Ils vivront au contact d'autres enfants encore moins chanceux : orphelins, handicapés, malades. C'est ainsi. Les aïeuls auraient acquiescé. Malgré la séparation, ils resteront liés à jamais. Ils seront recueillis dans un foyer, ou une famille. Ils grandiront, deviendront un homme et une femme, connaîtront une existence moins miséreuse. Plus tard, un jour, ils se retrouveront, peut-être. Ils se reverront, se reconnaîtront, se parleront.

À cet instant, Minh Tâm n'éprouve qu'un seul désir : qu'on l'enferme dans ce tunnel.

Tout s'est enchaîné si vite. Au fond, ce n'est qu'après l'intervention qu'Émilie a pleinement pris conscience du geste de Minh Tâm. Des années après lui avoir donné la vie, elle lui a fait ce don. Un jour, la fatalité les avait séparées ; plus de vingt-cinq après, la providence les a réunies. Le destin aurait pu tout aussi bien les laisser éloignées l'une de l'autre, pour toujours. Il a au contraire bâti un pont supplémentaire entre leurs rives. Quelques jours après l'opération, étrangement, la jeune femme a ressenti une forme de gêne vis-à-vis de Sabine. La crainte diffuse qu'un sentiment de jalousie puisse naître et s'installer entre elles : la mère biologique, non contente de remonter à la surface, fait don de son corps à sa fille, renforçant de fait le lien avec elle. Mais lorsque chacun est sincère, et avant tout préoccupé par le bien-être de l'autre, ce type de réaction ne se produit pas. L'amour maternel de la mère adoptive passe au-dessus de tout. Loin de toute forme de rancœur, soulagée par l'amélioration de l'état de santé de sa fille, Sabine s'est réjouie qu'Émilie puisse passer un peu de temps avec Minh Tâm, avant que celle-ci ne reparte. Elle a personnellement veillé à ce que ses soins de suite se déroulent dans les meilleures conditions.

Face à elle, un décor de carte postale. Pas tout à fait tel qu'elle l'avait imaginé. Plus beau encore. Aussi haut et aussi bas qu'elle puisse porter le regard, les couleurs éclatantes du paysage sont ravivées par une lumière unique. Le ciel est d'un bleu qu'elle ne se souvient pas d'avoir déjà vu. La chaîne des Pyrénées, à cet endroit, forme un bloc régulier, imposant, majestueux, sûr de sa force ancestrale. Jusqu'à une certaine hauteur, la montagne tolère la présence d'une végétation d'un vert puissant, formée de sapins, de plantes sèches et de mousse. Plus haut, les sommets érodés apparaissent comme saupoudrés du blanc de la neige, présente malgré la température de ce début d'été. Plus bas, un minuscule lac turquoise brille de mille feux, sa surface calme ondule légèrement sous l'effet du vent. Aux pieds d'Émilie, un sentier bordé de roches et de hautes herbes est une invitation, un appel.

Pour avoir le droit d'être ici, il a d'abord fallu obtenir le feu vert des médecins. Objectif atteint. Après le succès de l'opération, et des premières semaines très encourageantes, elle a poursuivi une convalescence à trajectoire ascendante. Le corps médical s'est montré particulièrement satisfait du résultat de la greffe, ébloui par l'état de forme de sa patiente. Le consensus est que donneuse et receveuse ont particulièrement bien réagi à l'opération. Minh Tâm a bénéficié d'un suivi post-opératoire sans encombre, impressionnant le chirurgien par sa capacité de récupération. Pour Émilie, les résultats des examens qui ont suivi se sont avérés excellents. Trois mois plus tard, sous l'effet d'une énergie physique retrouvée, et d'une énergie mentale au beau fixe, la jeune femme s'est fixé ce challenge : se mesurer à la montagne. Pour consolider son projet, elle a fondé quelques espoirs sur un soutien familial. Peine perdue de ce côté-là. Si Arthur et Dimitri se sont montrés à l'écoute, Sabine n'a pu réprimer son inquiétude et ses réserves. Elle a jugé que ce projet arrivait trop tôt, estimant que sa fille devait poursuivre sa convalescence avec prudence, et patience. Mais Émilie a pris sa décision, et rien ni personne n'était en mesure de la faire changer de cap. Il lui fallait assouvir ce besoin : confronter son corps et son esprit à la nature, à une forme de rudesse, d'adversité, de solitude désirée.

Il faut bien quelques avantages à une telle épreuve : elle a eu du temps pour lire, se documenter. Cheminant sur le web, la jeune femme s'est prise d'intérêt pour des blogs d'alpinistes, de randonneurs de haute montagne, de « trailers » aguerris à l'altitude. Peu à peu, l'idée de vivre sa propre expérience dans cet environnement a germé dans son esprit. Cette envie a grandi et, petit à petit, s'est imposée à elle. Un plan s'est dessiné. Autre chose qu'un planning d'entraînement, un programme d'expériences à vivre et de sensations à ressentir. D'abord, l'hébergement : un gîte, le plus isolé possible, au pied des hauts sommets. Ensuite, les équipements : tenues, chaussures et matériel adapté pour le relief. Enfin, la planification des séances : marches, randonnées, séances de courses à pied, exercices physiques, réservations et locations pour ascensions des cols, descentes en rappel.

C'est un processus qui débute aujourd'hui. Pour celle qui doit désormais s'accommoder de vivre avec un traitement, probablement à vie. Son but : savoir où elle en est avec son corps, ses muscles, ses os, ses tendons, ses ligaments, ses articulations, ses reins… Déterminer où en est sa tête, son mental. Tester son endurance et sa solidité. Chercher à découvrir des limites. Éprouver sa capacité à les dépasser. En apprendre sur elle-même pour tenter de répondre à toutes ces interrogations, résumées en une question : a-t-elle l'âme d'une championne, a-t-elle la « moelle » pour devenir un jour la meilleure d'entre toutes ?

Mener cette vie d'ascète n'est pas une fin en soi, mais elle y prend un certain plaisir. Depuis quelques jours, installée dans son minuscule gîte aux authentiques murs de pierre grise surmontés d'un toit rouge, elle se satisfait pleinement de ces conditions de vie. Ce matin, sous un soleil radieux, une nuée de papillons accompagne son petit-déjeuner pris dehors, debout, appuyée contre un arbuste. Elle s'amuse d'en voir autant, aux couleurs différentes, volant en trajectoires désordonnées comme s'ils changeaient constamment d'avis sur l'endroit où se poser. La jeune femme s'autorise un repas copieux pour bien démarrer la journée et se procurer la source d'énergie nécessaire pour de longs efforts. Fruits frais, fruits secs et céréales agrémentent son thé. Mais son plaisir tout à fait avoué est celui du fromage local, qui se marie si bien avec le pain de campagne, à mie serrée et croûte noire.

Voilà au moins deux heures qu'elle marche, à rythme élevé. Le poids du sac à dos, rempli de gourdes, de vivres et de quelques équipements, corse la difficulté. Elle croise des randonneurs, parfois des groupes, souvent en dépasse d'autres à l'allure. La sueur commence à ruisseler lentement sur son front, ses tempes, ses aisselles. Elle marque une pause pour s'hydrater, admire le torrent situé en contrebas. D'un bleu glacial, malgré son faible débit, il affirme son caractère impétueux, dominateur. Il jaillit et rejaillit d'entre les roches anthracite, bouillonne en surface au point de devenir blanc comme neige, puis repart à l'assaut de la pente. Il fait comme moi, se dit-elle, il doit exprimer sa force de vie. Elle repart à l'assaut du relief, ne prêtant attention ni au temps écoulé ni aux kilomètres parcourus. Ses fines chevilles résistent bien au chemin rocailleux sur lequel elle continue de progresser.

L'ascension commence pour de bon. La jeune sportive a déjà produit un effort de plusieurs heures ; maintenant, c'est un assaut qu'elle veut livrer. Face à elle, au loin, les glaciers se dressent, et sur sa gauche, une impressionnante cascade est une cicatrice ouverte dans la roche. Elle veut s'approcher de ces langues de glace et d'eau, vestiges d'altitude inconnus.

La pente est raide, le chemin escarpé. Concentrée sur son effort, elle reste toutefois attentive aux manifestations de son corps : souffle court, muscles des jambes raidis. C'est une épreuve de vérité : les géants la regardent, plus elle s'approche d'eux, plus ils sont difficiles à atteindre. Volontairement, elle accélère le rythme ; endurance, résistance, elle veut savoir ce que son corps va dire, comment il va exprimer la fatigue, comment elle va la dompter. Après une heure supplémentaire de combat, tandis que le soleil commence à décliner, elle doit admettre qu'elle est vidée de toute énergie. Elle est heureuse. Le refuge est en vue.

Le jour commence à peine à poindre, elle est prête. Hier, la soirée a été des plus sobres : sitôt son dîner avalé, avec appétit, elle s'est tenue à l'écart, a échangé quelques textos avec Sabine et Arthur, s'est couchée, a dormi d'une traite. Ce matin, ainsi qu'elle le désire, elle est seule face à la montagne. Malgré la faible clarté, elle l'observe, dans tous ses contours. Elle boit une bulle de son silence. S'émerveille de ce moment privilégié. En partant la conquérir dès les premières lueurs, elle suit son plan, va la prendre par surprise. Elle se met en mouvement, et, dès les premières foulées, plusieurs signaux s'allument. Le corps tout entier est douleur. Les épaules sont les souffre-douleur du sac à dos, les cuisses sont dures, les ampoules formées aux pieds rappellent leur présence à chaque pas. Mais au fond, elle est rassurée : elle va bien, son organisme ne fait que réagir à ces efforts intenses et inhabituels. Il y a quelques mois, elle était sur une table d'opération, prête à accueillir un organe qui n'était pas le sien. C'est passé. Elle a gagné cette première manche.

À partir de maintenant, le sentier monte en lacets. Les pics, vêtus d'un manteau sombre, semblent encore plus proches les uns des autres, se font plus menaçants. Plus loin, la sente passe par un ravin, totalement enneigé. Émilie prend la décision de descendre un peu, pour traverser à gué sous cette portion. Elle ressent les effets de l'altitude, les poumons brûlent, mais elle garde un rythme soutenu. Une heure plus tard, elle remarque des entrées de grottes creusées dans la falaise. Seule face à cette nature majestueuse, son corps souffre, mais son mental est fort. Elle se sent bien. À cet instant, tandis que les deux mille mètres d'altitude sont largement dépassés, elle rejoint le petit groupe qui l'attend. Si elle a désiré mener cette aventure seule jusqu'à ce stade, ici, elle a besoin des autres.

Encordé, casqué, crampons aux pieds et piolets en main, le groupe s'élance à la conquête du glacier. La pureté du blanc offre un contraste saisissant avec les parois des pics, teintées d'orangé sous les rayons du soleil matinal. La longue ascension fait découvrir à Émilie un paysage lunaire, fait de crevasses, de cratères, de surprenantes arêtes de roche. Le guide propose de marquer une pause : il leur signale, sur leur droite, la présence de deux bouquetins. Il faut repartir, en prenant garde aux chutes de pierres. L'ascension devient difficile, les efforts prolongés depuis la veille pèsent, mais la jeune femme s'accroche. « C'est dans ces moments que l'on voit si tu es quelqu'un », se dit-elle, serrant les dents. Levant la tête pour estimer, une nouvelle fois, le degré d'atteinte du sommet, elle aperçoit un aigle tutoyant les cieux. « Gypaète barbu », rectifie le guide en pointant le ciel de son bâton. Et l'épreuve de force continue, il lui semble que la pente s'accentue encore. Le match est en cinq manches, et encore, il faut disputer des jeux décisifs. Ça tire, ça brûle, ça coince dans tout son corps. Sa bouche est grande ouverte. Elle a l'impression d'avoir brûlé des milliers de calories.

Atteindre le sommet est un aboutissement. Émilie est ivre de bonheur. Le paysage est fantastique, irréel. Ce n'est pas l'Everest, mais c'est un toit du monde. L'étonnante roche rouge évoque la planète Mars, ou quelque chose de proche dans son imaginaire. Autour de ce point culminant, tout n'est que roches, falaises, pics, la montagne est partout et s'étend à perte de vue. Dans ce paysage époustouflant, elle prend le temps de reprendre son souffle et ses esprits. Le guide félicite chaque membre du groupe, se prête au jeu des selfies. Émilie pense avec émotion à ses proches. Puis une autre pensée lui vient : dès demain, elle appelle Lionel ; le moment de reprendre l'entraînement est venu. Elle en a la conviction, elle le sait, elle en est certaine : elle est prête.

Ils ont été bien inspirés de se fixer un point de rendez-vous précis. Battery Park doit s'étendre sur plus de dix hectares. Et les touristes sont aussi nombreux que les New-Yorkais en quête d'un moment de détente. De là où il est placé, Arthur a une vue parfaite sur l'Hudson. Ce matin, le fleuve lui apparaît tel un océan, d'un bleu sombre et puissant, animé de vagues sur toute son étendue. Au loin, « la Liberté éclairant le monde » peine à émerger d'une brume tenace. Pour lui, qui s'apprête à lui rendre visite pour la première fois, elle est plus qu'un symbole, plutôt une promesse, un moment privilégié à vivre. Ses doigts fins serrés autour de son gobelet de café, Arthur attend son contact.

Il observe les promeneurs, joggeurs, visiteurs se dirigeant vers les ferries. Une jeune femme brune aux cheveux tirés, d'allure sportive, lui rappelle Émilie. Entre sa sœur et lui, c'est l'union sacrée. S'il en était besoin, l'épreuve a solidement soudé le lien entre eux. Renforcé une complicité qu'ils n'auraient espérée dans aucun autre contexte. Arthur est frappé par l'étrangeté de l'évidence : la genèse de la relation avec son alter ego au féminin. Cette fille rencontrée par un incroyable hasard, qu'il avait cherché à séduire. Avant que leur lien ne se crée, d'une autre façon, beaucoup plus inattendue. Reparti aux États-Unis quelques jours après l'opération d'Émilie, il endosse le rôle du grand frère prévenant et attentionné. Sa frustration de n'avoir pu être le donneur surmontée, il s'est mis en tête d'être le soutien numéro un de son étoile. À la fois l'ami, le support, le confident, la personne qu'il aurait aimé avoir à ses côtés s'il avait été malade lui-même. On peut être éloignés par la distance, vivre sur deux continents différents, tout en étant si proches.

Son rendez-vous du jour, un client belge fortuné avec lequel il a sympathisé, le rejoint enfin. Installé de longue date à New

York, celui-ci lui a proposé de découvrir son réseau d'entrepreneurs. Et généreusement offert un billet pour Liberty Island.

— Alors, Arthur, paré pour aller admirer de plus près la marque du génie français ?

— Pour sûr, Marc, j'ai beau chercher, dans cette ville, je ne vois pas de trace du génie belge ! lui rétorque le jeune homme, dans un style provocateur qui le caractérise.

Passé le contrôle, ils embarquent à bord du bateau et se réfugient à l'intérieur, ciblant un endroit où ils pourront échanger.

— J'ai comme l'impression que vous avez des envies d'autre chose, Arthur, quel est votre projet ?

— Mon rêve américain ne s'est pas évanoui, disons qu'il évolue. Je me sens attiré par les affaires dans le domaine du sport. Les enjeux du sport business sont planétaires, et New York est le terrain de jeu idéal.

— Oui, Arthur, mais vous, quelle peut être votre place dans ce milieu, quelles sont vos compétences ?

— Si je vous dis : sens du contact, enthousiasme, ambition, vous qui me connaissez un peu, vous validez ?

Ils interrompent leur conversation, prenant le temps d'observer le paysage : elle est là, elle domine, elle se rapproche. Impressionné, Arthur s'efforce de maîtriser son impatience.

— Je ne vous ai encore jamais mis à l'épreuve, mais veux bien vous croire, et j'ajouterais votre niveau d'anglais ; l'autre jour, j'ai même été surpris d'entendre votre « parler new-yorkais ». Mais cela ne suffit pas, Arthur, il vous faut affiner votre projet, et vous former. Et pour ce faire, vous avez besoin d'un réseau.

— Et c'est là que vous intervenez ?

Débarqués, ils marchent parmi la foule qui n'a d'yeux que pour le géant dressé devant eux. Arthur est subjugué par la magnificence de la statue monumentale. Au fur et à mesure qu'ils s'en rapprochent, le jeune homme prend conscience de ce qui la rend si imposante : son piédestal semble aussi haut que la statue elle-même.

— Quelle splendeur, n'est-ce pas, Arthur ? Vous connaissez sans doute l'histoire de sa construction. Peut-être moins celle de sa rénovation. Je suis sûr qu'elle va vous intéresser.

— Laissez-moi deviner : une histoire à l'américaine, un incroyable business ?

— Précisément ! Il y a une trentaine d'années, une banque a monté une opération publicitaire visant à récolter des fonds pour entretenir et rénover l'édifice. Vous savez comment ? À chaque achat réalisé avec la carte bancaire au nom de l'établissement, un don d'un cent était fait au profit de la statue. À l'arrivée, le don s'est élevé à près de deux millions de dollars ! Toutefois largement insuffisant par rapport à l'ampleur du besoin.

Ils poursuivent leur balade autour de la statue, s'offrant au passage une vue unique sur Manhattan.

— Comme je vous le disais, mon cher ami, je peux vous faire rencontrer les bonnes personnes, mais il faut d'abord que vous sachiez exactement ce que vous attendez d'elles.

— J'aimerais devenir agent.

— Je vous demande pardon ?

— Agent. Agent de sportifs. Représenter des sportifs professionnels. Défendre leurs intérêts. Gérer leur image. Négocier leurs contrats. Les aider à gérer leur carrière. Les conseiller.

— Job pas facile. Qui fait rêver de jeunes gens comme vous, mais à l'arrivée, il y a peu d'élus. C'est un milieu à part. Aujourd'hui, un bon agent doit avoir des compétences multiples. Être certifié. Vous devrez suivre des formations pour obtenir cette certification. Je vais vous ouvrir mon réseau pour que vous puissiez trouver un stage. Et vous aider à réseauter par vous-même.

— Merci pour votre aide, mon engagement sera total.

Le temps s'est levé, les deux hommes décident de se placer sur la partie haute du bateau retour. Les rayons du soleil transpercent les nuages bas, descendent à la rencontre de l'eau pour créer d'étonnants reflets bleutés. Sous l'effet de cette lumière retrouvée, le vert-de-gris de la statue, au fur et à mesure qu'ils s'en éloignent, se mue en une nuance de vert éclatante.

Même s'il n'en laisse rien paraître, Arthur est particulièrement satisfait de cette rencontre. Marc s'est pris d'affection pour lui, et l'aidera, il peut y compter. Quand bien même il ne lui a pas tout dit. Car dans un coin de sa tête se trouve une personne en particulier. Quelqu'un qui, dans quelque temps, fera appel à ses services, et s'apercevra progressivement qu'Arthur est le meilleur agent dont on puisse rêver. Une graine de championne qui deviendra, à n'en pas douter, une star, peut-être même la star du tennis mondial. Oui, Arthur en est intimement convaincu : il sera aux côtés de sa sœur pour l'aider à gravir tous les échelons. Rien ne résistera à la force de leur duo. Le jour où Émilie sera sur le toit du monde, il sera là, tout près d'elle.

Elle est seule, assise dans un immense vestiaire. Casque vissé sur les oreilles. La musique de Clara Luciani l'accompagne pendant ces moments cruciaux. Les sonorités rock, familières, lui transmettent une énergie positive. Elle doit s'extraire du monde environnant, sans pour autant se couper du réel. Trouver les bonnes clés de ce processus mystérieux : la concentration. Vivre le moment présent, ne pas jouer la partie avant l'heure. L'un des conseils prodigués par Gilles, le coach attentif, qu'elle retrouvera tout à l'heure. Entrer sur le court principal constituera une sensation jusqu'alors inconnue. Sa progression fulgurante des derniers mois la place aujourd'hui face à un enjeu de taille. Comment sera-t-elle accueillie par le public ? Comment réagira-t-elle ?

Installé dans la tribune bondée inondée de soleil, Arthur est impatient. À ses côtés, des visages familiers, ceux de ses parents Jérôme et Virginie, de Sabine et Dimitri, s'amusent de le voir triturer sa casquette à tout va. Non seulement il connaît l'enjeu, mais il le vit. Pour sa sœur chérie, cette renaissance peut se muer en consécration. « Tu ne vas pas disputer un match de tennis », lui a-t-il affirmé, avec le ton convaincu qui le caractérise. Face à la réaction de surprise d'Émilie, il a développé son argument : « Pour la première fois de ta vie, tu vas vivre un combat de judo, ou mieux encore, de sumos ! Apprête-toi à combattre, mais pas n'importe comment. Tu vas te servir de la puissance de ton adversaire, de sa force, pour la retourner contre elle. Je ne suis pas un expert du tennis, mais j'ai compris quelle était ta façon de jouer. Plus l'autre frappera fort, plus la balle lui reviendra comme un boomerang. Car tu es un mur, sœurette, mais un mur agile. Celui contre lequel l'autre va se fracasser ! »

Et si l'esprit de Minh Tâm était présent parmi eux, si par un insondable mystère ses yeux étaient témoins de ce moment… ?

À vrai dire, elle ignorait que ce sport pouvait se pratiquer sur du sable. Cette terre sableuse, fine, sèche, lui rappelle celle qui entourait la petite maison de ses parents, dans la province de Ben Trê. Enfant, elle la côtoyait chaque jour, la foulant pieds nus, en faisait son terrain de jeu favori, y dessinant des personnages imaginaires avec un simple bout de bois. Ici, la terre est parfaitement uniforme, quadrillée par de fines bandes blanches bien rectilignes. En plein milieu de la zone, un filet tendu délimite deux espaces rigoureusement identiques. Dans quelques instants, Ky Duyên va apparaître pour pratiquer ce sport, face à une autre jeune femme. Beaucoup de monde est présent pour assister à ce spectacle. Elle comprend que le résultat de cet affrontement est très important pour sa fille.

Entrer sur le court principal, quelle sensation ! Incomparable, jamais ressentie auparavant. Émilie est accueillie par la clameur, qui lui parvient comme étouffée, tant elle est dans sa bulle. La puissante lumière blanche du soleil inonde l'espace. Un regard vers la zone de jeu lui fait éprouver un vague sentiment d'hostilité : le terrain et ses abords forment comme une zone sans issue. Le public, plus nombreux et plus coloré que d'habitude, va lui transmettre un supplément d'énergie. À elle de la canaliser et de la transformer en supplément d'âme. Coup d'œil en tribune : ils sont là, son clan est présent. « Je suis un sumo », se répète-t-elle intérieurement. À cette pensée, elle se retient de sourire, tandis que l'échauffement va débuter.

Dès les premières balles échangées, Arthur sent sa propre tension se dissiper. On rentre dans le vif du sujet. Tout ce qu'il aime. Le moment va prendre le pas sur l'événement. Visuellement, le contraste physique entre les deux adversaires est patent : Sarah, l'Américaine, impressionnante de robustesse, chevelure blonde retombant sur une tenue aux couleurs vives, est un chêne. Mais lui mise sur le roseau, tandis qu'un léger vent tourbillonnant vient par intermittences caresser les nuques. Sa sœur va le faire, il n'a aucun doute. Ce sera à la fois un aboutissement et une naissance, un acte originel. Il n'a pas hâte d'être fier. Il est déjà fier.

Et si l'esprit de Minh Tâm survolait la tribune, si par un impénétrable secret elle entrait en communion avec sa fille… ?

Tout à l'heure, à l'abri des regards, elle a prié pour son enfant. Elle sera heureuse pour Ky Duyên si le destin lui est favorable. Comme elle a été heureuse de pouvoir lui faire ce don il y a un an. Sa fille, devenue femme, vit désormais avec un fragment d'elle, court, saute, frappe cette balle jaune avec beaucoup d'énergie. C'est signe que son corps est parfaitement guéri. Qu'il a accepté cet organe pour se donner une vie meilleure. Ce jour est le premier d'un nouveau destin pour sa fille. Et son fils est aussi présent à ses côtés. Ce jour est un jour heureux.

Six – quatre. Première manche remportée. Émilie ressent un certain soulagement, mais n'est pas satisfaite de son jeu, de la façon dont cette finale se déroule. Elle a du mal à lâcher ses coups, contrariée par la chaleur, qui rend la balle lourde sur cette terre asséchée, et sans doute aussi par l'enjeu. Pour éviter de gamberger, elle focalise ses pensées sur les conseils du coach. Souffler entre les points. Alterner le jeu. Laisser venir. Savoir laisser l'initiative à Sarah. Pour mieux la contrer. Au service, temporiser une à deux secondes de plus, le temps que le public manifeste son soutien, puis se calme, sur injonction de l'arbitre.

L'Américaine est tendue, c'est sûr. Elle montre des signes de nervosité inhabituels. Elle n'est pas la seule, à vrai dire. En tribune, les membres du clan ont les mains moites. Arthur, résolument confiant sur l'issue de cette finale, observe leurs traits crispés. Au changement de jeu, brandissant son mobile, il s'essaie à détendre l'atmosphère : « Bon, il reste un peu de temps, quelqu'un s'essaie avec moi à un pari sportif, combien sur Émilie ? » Il comprend aux mines renfrognées que son humour ne passe pas, seul Dimitri lui adresse un clin d'œil.

Et si l'esprit de Minh Tâm planait au-dessus d'eux, si par une obscure magie elle vivait ce moment… ?

L'homme assis sur cette chaise géante a beau avoir autorité, il a de plus en plus de difficulté à faire respecter le calme. Il essaie de faire cesser le chahut du public, mais celui-ci est de plus en plus agité. Tandis qu'elle reste calme et attentive. Ne laisse percer aucune émotion, sans perdre une miette du spectacle qui s'offre à elle. Aux regards invisibles échangés avec Chi Thành et les parents adoptifs de Ky Duyên, Minh Tâm comprend que la situation est bien engagée pour sa fille. Elle ne la quitte pas des yeux, voit sa force et sa détermination. Elle se demande à quel moment le jeu va s'arrêter, à quel instant la foule va comprendre que sa fille est victorieuse, et ce qu'il va se passer après. Aura-t-elle un moment pour elle, pourra-t-elle la serrer dans ses bras ?

Souffler. Serviette éponge. Prendre le temps. Choisir sa balle. C'est un point comme un autre, après tout. Rester « focus » sur les points importants, a dit Lionel. C'en est un. Le plus important. Juste reproduire les gestes. Les mêmes que ceux répétés des milliers de fois aux entraînements. Faire abstraction du reste. Le public retient son souffle, il attend quelque chose. À elle de répondre à l'attente. Bon service. L'échange s'installe. « Je suis un sumo, je vais la pousser en dehors du court, elle va tomber. » La balle de Sarah est longue. Faute. C'est fini. Émilie a gagné. Elle remporte le tournoi de France. Devient la joueuse numéro un mondiale. Le bruit est assourdissant. L'émotion monte, la submerge. Elle n'entend plus rien. Serre machinalement la main de son adversaire, derrière un écran de larmes. Aperçoit les siens, debout dans la tribune, en pleurs. Le stade tout entier l'acclame, scande son prénom. Elle, l'ancienne malade, la revenante, la miraculée, monte sur la première marche. Aujourd'hui est un aboutissement, mais aujourd'hui, tout commence.

La douceur d'un matin printanier. Soleil blanc sur fond de ciel laiteux, comme tiraillé entre deux saisons. Au cœur de la cité, à quelques pas de l'agitation urbaine et des immenses grues en activité. Malgré la foule, l'atmosphère est calme, l'ambiance est au recueillement. Ses yeux noirs se posent sur un nom gravé, celui d'une femme. Elle se surprend à le prononcer à voix basse, comme pour mieux appréhender l'intimité de cette vie éteinte. La phonétique de ce nom inconnu stimule son imaginaire : les traits d'un visage, une expression, une tenue vestimentaire, un timbre de voix. Elle lui consacre encore un court instant, s'attarde sur le nom suivant. Solennellement, respectueusement, elle se lance à la rencontre de ces disparus. De ces vies déracinées par le hasard et l'indicible. Elle prend soin de ne pas toucher le parapet qui borde l'immense bassin du souvenir. À mesure qu'elle imagine l'existence de ces êtres perdus, l'émotion l'étreint plus fort. Le regard profond qu'elle adresse à son frère, tout près d'elle, dit autant son émoi que sa gratitude de l'avoir emmenée ici.

Arthur ne concevait pas la venue d'Émilie à New York sans se rendre avec elle au *9/11 Memorial*. Ils devaient vivre ce moment ensemble. Il est heureux : pour lui, elle est parvenue à desserrer les contraintes d'un agenda surchargé et a pu l'accompagner. En effet, avant d'ouvrir un nouveau chapitre aux côtés de sa sœur, Arthur doit refermer la page new-yorkaise. Il a des choses à régler ici, un retour en France à organiser. S'il n'est pas encore agent certifié, c'est une question de semaines. En accord et en totale harmonie avec Émilie, il prend en charge la gestion de sa carrière. Négocier les contrats, discuter avec les partenaires, travailler avec les médias, s'occuper des questions d'argent, voilà le challenge qu'il entend relever. Un leitmotiv :

fonctionner en symbiose. Leur complémentarité doit être optimale. Elle, le terrain ; lui, les coulisses. Un seul objectif : la réussite de la carrière d'Émilie. Il observe son visage, saisi par les émotions que le lieu lui inspire. Le grand frère prend la main de sa sœur dans la sienne.

Si toutes les vies sont éphémères, comment admettre qu'elles soient aussi fragiles ? s'interroge-t-elle. Sa silhouette passant dans l'ombre, elle lève les yeux, très haut, réalise à quel point la tour qui la domine est un géant. Arthur lui a expliqué qu'ils se trouvent au pied du plus grand gratte-ciel de l'hémisphère ouest. De là où elle se trouve, Émilie ne peut en distinguer ni la partie supérieure ni l'antenne qui prolonge sa hauteur. La jeune championne est frappée par la luminescence de la tour, d'étonnants reflets bleutés en accentuent la féerie. Un peu plus bas, les coins semblent s'incliner légèrement vers l'intérieur, lui donnant l'apparence d'une pyramide. Au sol, et plus bas encore, les chutes d'eau, gigantesques, à la fois menaçantes et ressourçantes. Le mouvement perpétuel de l'eau est une ode à la vie : la chute peut être fatale, mais la vie renaît. Toujours.

Elle s'efforce de dissiper son émotion, fait en sorte de s'adresser à son frère sur un ton plus léger :

— Quand je pense que la première fois que l'on s'est vus, c'était ici, à New York, à quelques kilomètres de là ! Ça te dit quelque chose ?

— Mouais, vaguement ; tu sais, quand votre petit groupe a débarqué à l'aéroport, c'est plutôt Anne-Lise qui m'a tapé dans l'œil !

— Oh le chambreur, je peux te le dire maintenant : tu n'étais pourtant pas du tout à son goût !

— Elle avait trop la tête au tournoi, sans quoi elle se serait rendu compte de mes innombrables qualités. Que veux-tu, parfois, on passe à côté des évidences !

Ils s'éloignent du site, décident de marcher un peu afin de profiter de cette matinée légère. Ils prendront un taxi tout à l'heure pour rejoindre Harlem. Émilie a surmonté son émoi ; cependant, elle ne peut s'empêcher de penser à celles et ceux dont elle a appris les noms. Inscrits dans le bronze pour l'éternité. Elle se dit qu'ils auraient mérité de l'or. Des patronymes si différents les uns des autres. Des origines diverses, mais une seule destinée. Un peu comme les habitants de cette ville. Un peu comme les habitants du monde.

— Ça t'a remuée, sœurette ?

— Toutes ces vies coupées net… et pour ceux qui restent, combien de drames, de détresse…

— C'est pour ça qu'il faut profiter de chaque instant. Le temps que l'on passe sur cette bonne vieille planète est infinitésimal.

— Et rendre ce temps utile. Pour soi et pour les autres. Tu vois, Arthur, je commence à être connue, j'ai des moyens financiers ; il faut que tout cela serve à quelque chose. J'ignore encore à quoi. Et comme le tennis ne me laisse aucun répit…

— Mais tu as la chance d'avoir à tes côtés un grand frère dévoué, et l'agent dont rêvent toutes les joueuses ! Sérieusement, tu as des idées ?

— Très vagues, pour le moment. Dis, tu te rappelles que tu dois aussi passer chez WhiteLane ?

Dans le *yellow cab* électrique qui les conduit vers le quartier désiré, la discussion se poursuit. Le tempérament de la jeune femme a repris le dessus. Comme en match, elle mène l'échange.

— Arthur, il faut que tu m'aides à réfléchir, à concrétiser un projet qui trouverait sa source au Vietnam.

— Tu veux profiter du fait que tu es au sommet pour aider, je comprends.

— Tu sais très bien que je ne cherche pas, que je n'ai jamais cherché à être « au sommet », comme tu dis, mais à donner le meilleur de moi-même. Mon ambition n'est pas d'être dans la lumière. La seule lumière qui m'attire et me touche vraiment, c'est celle que je peux voir dans les yeux des gens.

— Ce n'est pas le temps que l'on met pour arriver au sommet qui compte, mais le temps pendant lequel on est capable d'y rester, je crois que c'est un grand chef d'orchestre qui disait cela.

— Bon, quand tu auras fini avec ta philosophie de comptoir, tu daigneras peut-être me proposer des idées !

— C'est tout vu, petite sœur.

— Comment ça ?

— Je l'ai, ton projet ; enfin, notre projet, si tu veux bien m'y associer. On n'a qu'à créer un orphelinat. Là-bas.

L'effet est quasi immédiat. Elle le dévisage, surprise, incrédule, tandis qu'apparaît dans ses yeux une pointe d'excitation. L'idée est là, simple, évidente. Connectée à son désir profond. Des images lui viennent en tête, un endroit imaginaire, accueillant, et bien sûr, des sourires d'enfants. Il lit tout cela dans son regard. Elle se prend à rêver, s'enflamme, lui demande ce qui est réellement possible. Elle saisit sa main, la soumet à la torture, l'assaille de questions, lui fait part de tous ses doutes. Il n'a pas réponse à tout, mais sa force de conviction balaie les craintes d'Émilie.

Jusqu'à la fin de leur excursion new-yorkaise, pendant le vol retour, ils ne parlent que de ça. Le projet accapare leurs pensées, et contre toute attente, c'est le cœur léger qu'Arthur tire un trait sur sa vie américaine. Alors que leur avion approche de la France, ils échafaudent dix hypothèses, en font tomber neuf, s'interrogent plus profondément sur ce qu'ils veulent pour ces enfants. Face à l'état d'exaltation de sa sœur, le jeune homme n'entend pas dévoiler tout son jeu tout de suite. Pour la réussite de l'entreprise, et pour le bonheur d'Émilie, il est fermement décidé à garder quelques cartes en main.

Sa playlist de tubes américains du moment dérape. La voix de Bill Withers surgit, glisse sur cette musique du début des années quatre-vingt comme la main caresse la peau. Le charme de la musicalité *rhythm and blues* opère sur lui ; les passages de *Just the Two of Us* font écho à l'histoire qu'il vit avec sa sœur. À deux, et à deux seulement, tant de choses sont possibles, si tant est qu'on le veuille vraiment. La force de leur binôme, authentique, infaillible, irrésistible, est leur meilleur allié pour la vie. Seul, on va plus vite, ensemble, on va plus loin : ce proverbe africain pourrait être leur devise. Casque vissé sur les oreilles, nez rivé sur l'écran, Arthur gère cette période de solitude passagère en travaillant d'arrache-pied à leur projet commun.

Émilie s'est envolée cette semaine pour le Grand-Duché, où elle dispute le grand Open du Luxembourg. Resté à Paris, le grand frère-agent-homme-à-tout-faire est seul dans l'appartement de la rue du Fauconnier. Puisqu'ils ont décidé de tout partager, cela impliquait d'abord de vivre sous le même toit. Bien entendu, Arthur s'est emparé du sujet. À force de recherche méticuleuse et obstinée, il a dégoté un charmant duplex au cœur du quatrième arrondissement de Paris. Une hérésie aux yeux de l'entourage professionnel d'Émilie : les tenniswomen du circuit international jettent généralement leur dévolu sur quelques cantons suisses, la Floride, Dubaï. Hors de question pour la jeune femme, les considérations administratives et fiscales, très peu pour elle. Le cahier des charges communiqué à son frère est clair : leur camp de base est et restera la France. S'il lui reste une once de vie personnelle, sa place, leur place, est dans l'Hexagone, proche des familles. Et en ce qui concerne la gestion de sa carrière, la capitale est tout indiquée. Pour le reste, Arthur a carte blanche.

Les relations publiques, c'est son rayon. Il adore ça et n'est pas peu fier de sa méthode. La règle fixée : refuser toute demande d'interview. L'exception : accepter ponctuellement un entretien avec un média sciemment sélectionné. Vis-à-vis du grand public, il s'agit de préserver une part de mystère, de cultiver une image de discrétion. Ce qui est rare a de la valeur. Telle est la stratégie de communication définie par le néo-agent plein d'avenir. Il faut dire qu'Émilie est l'objet d'incessantes sollicitations, au-delà de la seule presse sportive. Filtrer les demandes de reportages, les offres de participations à des émissions de télévision, radio, fait désormais partie du quotidien d'Arthur. Certes, la France n'avait pas connu de championne féminine de tennis depuis des décennies. Mais avant tout, son histoire, celle qu'elle partage avec son frère, suscite à l'évidence beaucoup de curiosité. Et puis, la trajectoire hors normes d'une sportive transplantée fait parler. On voudrait entendre son témoignage, la voir fréquenter quelques plateaux de télévision. Autre casquette d'Arthur, celle de *community manager*, rôle qu'il endosse là encore avec un enthousiasme non feint. Il est mandaté par Émilie pour gérer les comptes de quelques réseaux soigneusement choisis, prenant soin de publier le moins de photos possible, adoptant une ligne de conduite digne d'une véritable ligne éditoriale.

Ces derniers mois, le projet de création de l'orphelinat a occupé une place grandissante dans leurs vies, en particulier dans celle d'Arthur. S'il s'est éminemment mué en cheville ouvrière, c'est pour mieux en partager les avancées avec son double. Un pacte tacite est passé entre eux : quels que soient le jour, l'agenda, la distance qui les sépare, le décalage horaire, pas une journée ne passe sans qu'ils en parlent. Dans ce contexte, le jeune homme délaisse quelque peu sa carrière d'agent auprès d'autres sportifs. Par manque de temps, mais aussi parce qu'il a un brin cédé à la facilité, il le reconnaît volontiers. Pour autant, il est en contact avec les principales fédérations de tennis, et celles des pays européens lui ont délivré une licence. Il a pu approcher quelques jeunes joueurs et joueuses, dont une Américaine à la carrière prometteuse. Si, dans l'immédiat, il accorde à son Émilie une forme d'exclusivité, il ne perd pas de vue la nécessité de développer son activité sitôt une disponibilité retrouvée.

Le grand frère finalise la création de leur ONG «Les fleurs d'abricotiers». Cette association française a pour objet de venir en aide aux enfants des rues, abandonnés, ou orphelins, du sud du Vietnam. De leur permettre de s'épanouir dans un environnement sécurisé, de devenir autonomes. C'est elle qui porte leur grand projet : faire naître l'orphelinat. Elle devra être agréée par les autorités vietnamiennes. Pour ce faire, Arthur a noué de nombreux contacts, s'appuyant au départ sur ceux communiqués par leurs parents. De fil en aiguille, il est parvenu à saisir les rouages et à identifier les bons interlocuteurs. Son opiniâtreté, de jour comme de nuit, fait le reste. Sur le volet financement, le nerf de la guerre, il n'a pas plus hésité. Son idée : développer d'emblée une philanthropie privée de masse, à l'américaine. Ses contacts aux États-Unis, grâce à l'entremise de Marc, lui sont précieux. À l'opposé d'une fondation, la démarche est de recueillir de petits dons à une très large échelle, en provenance de toutes les couches de la société américaine, puis de l'étendre à d'autres pays. Pour toucher un large public, Arthur orchestre des campagnes de communication web, sur le thème de la protection de l'enfance. Le réseau réplique et démultiplie le message, provoquant l'effet boule de neige recherché.

Les finances au beau fixe, le jeune homme a été en mesure d'accéder à un luxe, toutefois indispensable : recruter quelqu'un localement. Ses yeux et sa voix sur le terrain. Un homme de confiance travaillant dans le domaine de l'enfance, recommandé par des connaissances de Bao Quôc. Aujourd'hui, celui-ci confirme par voie de mail à Arthur une grande nouvelle, une information espérée depuis quelque temps qui fera sauter de joie Émilie : le Conseil populaire ainsi que les trois Comités populaires de la province marquent leur accord pour céder gracieusement un terrain à leur ONG, en vue de la construction de l'orphelinat. L'autorité locale aura un droit de regard sur la prise en charge des enfants et l'aménagement du bâtiment, une résolution sera adoptée dans le strict respect des textes. Le jeune homme ne peut attendre plus longtemps, ses doigts pianotent à la hâte un SMS à destination d'« Emi ». Pour l'heure, il garde pour lui l'esquisse des premiers plans de la construction, préférant ménager un peu de suspens au retour de sa sœur. Le projet de bâtiment sur trois niveaux, surmonté d'un toit de pagode, fera à coup sûr briller des étoiles dans ses yeux.

Récemment, ils se sont accordés sur une idée : leur orphelinat ne sera pas un centre d'adoption. Cette décision, surprenante pour qui connaît leurs origines, est mûrement réfléchie. Les enfants seront éduqués dans les valeurs traditionnelles de leur pays, le Vietnam. Au sein du lieu d'accueil, leur socialisation sera favorisée, transcendant les différences d'ethnie et de religion. Ils accéderont à la culture, deviendront autonomes. Ils seront élevés jusqu'à leur majorité, puis feront leur vie. Ils ne seront pas déracinés. Ils connaîtront une autre trajectoire, vivront une destinée différente de celle d'Émilie et Arthur. Ainsi, ils se construiront différemment d'eux-mêmes, auront d'autres chances à saisir. Dans cette nouvelle maison, qui deviendra la leur pour quelques années, les enfants doivent oublier, grâce à la radieuse lumière du jour, la noirceur des nuits passées. Telle est l'ambition absolue et sincère d'une sœur et de son frère.

Les premières lueurs du jour font leur apparition. D'emblée, le gris domine, sombre, brumeux, il brouille la limite entre ciel et eau. L'instant d'après, le firmament se zèbre de jaune, de rouge, d'orangé, une étincelle met le feu aux nuages qui s'emplissent de braises. La lumière réveille les contrastes, des taches restées invisibles apparaissent peu à peu. Sous la ligne d'horizon, en bordure de rive opposée, la rivière révèle la ligne des arbres majestueux. Les secondes, les minutes s'égrènent ; ils gardent le silence. Le ciel s'embrase littéralement. Autour d'eux, le paysage revêt une étrange teinte sépia. La surface de l'eau ondule légèrement ; peu à peu, la vie s'anime, de petites embarcations naissent ici et là. Certaines en mouvements, d'autre inertes, les frêles pirogues semblent attendre quelque chose.

À dix mille kilomètres de la France, l'enchantement de ce lever de soleil est pour Émilie et Arthur la promesse d'une journée particulière. Levés en pleine nuit, ils ont prémédité de venir jusqu'ici partager ce moment magique. Ils se dirigent vers le marché flottant qui prend vie devant eux. La clarté ambiante révèle maintenant la présence de petits bateaux chargés de cargaisons colorées les plus variées. Peu à peu, de nouvelles barques entrent en scène, débordantes de fruits, de poissons, de crustacés. Comme prévu, ils prennent place dans une grêle embarcation effilée. Sans un mot, leur accompagnateur du jour, couvert d'un chapeau conique traditionnel, les mène à travers ce dédale à coups de rames précis et assurés. Une véritable petite ville flottante s'est formée autour d'eux. Les bateaux sont plus proches les uns des autres ; par endroits, c'est à peine s'ils distinguent la surface de l'eau. Les sons se répandent : des voix, des rires, des bruits de bois qui s'entrechoquent, le clapotis des petites vagues. Un ballet de frêles bateaux maquillés, une chorégraphie de rameurs. Ils marquent un premier arrêt à une sorte de bar flottant. Pour quelques pièces, ils dégustent des ramboutans, se délectent de pamplemousses. Rient avec complicité et gourmandise de ce moment insolite. Ils reprennent leur douce progression, s'en remettant totalement à leur capitaine qui parvient à se frayer un chemin parmi les centaines de barques agglutinées. Voici la plus impressionnante, juste sur leur droite, qui flotte étonnamment, surchargée de fruits, oranges, bananes, mangues, papayes, patates douces. Les deux jeunes gens assistent à un incroyable spectacle de couleurs. Cet instant, au sud du Vietnam, dans une région proche de celle qui les a vus naître, est une bulle de savon. Les visages des marchands, debout dans leurs jonques, sont lumineux, sourient à la vie. Ces femmes et ces hommes sont nés de la terre et de l'eau ; en les observant, Émilie et Arthur respirent les essences de ces existences humaines.

Il est temps de se mettre en route, ainsi que prévu par le frère aîné. Ils sont attendus. En passant près du marché aux serpents pour rejoindre leur véhicule, Émilie frissonne à l'idée que l'endroit regorge de reptiles que l'on achète au kilo, dont on fait un alcool que des touristes boivent avec curiosité et une once de défi lancé à eux-mêmes. Elle ne sait que trop où ils se rendent, s'en remet à Arthur qui, une fois de plus, a tout organisé dans les moindres détails. Pour peu, il lui aurait fait le coup de poser un bandeau sur ses yeux avant de partir à l'aéroport. En chemin, il daigne lâcher quelques bribes d'information. Ce soir sera célébrée la fête de la mi-automne, devenue la plus importante dans le calendrier des enfants. À l'origine fête de culte à la lune dans l'espoir d'une saison florissante, elle consacre un moment de partage festif, entre légende et traditions. Ils seront les spectateurs attitrés et exceptionnels d'une ambiance de lanternes en forme d'étoiles, de masques de personnages légendaires, de têtes de lion et jouets multicolores, autour du thé.

C'est donc ici que le rêve prend corps. En bordure de route, un épais portail en fer forgé ravivé de dorures ouvre la voie à un espace accueillant. Le court chemin de terre, ceint par une friche à l'herbe drue et à la végétation encore désordonnée, mène à un grand bâtiment rectangulaire aux larges fenêtres. Sous le toit évasé, en forme d'épi, une terrasse est ornée de lanternes multicolores et de décorations enfantines. Au seuil de l'immeuble, puis à l'intérieur, c'est la foule des grands jours. Ils sont accueillis par des officiels, leur contact local, reconnaissent quelques rares visages familiers. Arthur rassure sa sœur sur l'absence de médias, de quelque nature que ce soit. Ils sont ici incognito. Demain, à la une de la presse, il n'y aura pas de photo de star de tennis en pleine action caritative au cœur de l'Asie du Sud-Est. Derrière le pupitre où se succèdent d'interminables prises de parole en vietnamien, anglais, français, elle prononce quelques mots à la va-vite, n'a qu'une hâte : celle de voir les enfants.

Elle se rend bien compte qu'elle est l'objet de toutes les attentions, de toutes les curiosités. Certains s'adressent à elle dans cette langue qui reste énigmatique. Un cortège réduit s'est formé autour d'elle ; d'un signe de tête échangé avec Arthur, elle en prend la tête pour aller enfin à la rencontre des petits pensionnaires. Les voici sagement regroupés dans cette salle, de différents âges et gabarits, comme une équipe de sport hétéroclite que l'on préparerait pour une photo de groupe. Elle prend le temps de saluer chacun, caresse les têtes brunes, entend les plus grands donner leur prénom. Au total, vingt-sept. Elle veut en être sûre, compte une seconde fois. Ils sont bien vingt-sept. Originaires de toutes les provinces du Sud. C'est un bon début, la capacité d'accueil maximale est prévue pour quarante enfants.

Ici, le coin des bébés, de zéro à deux ans. Les lits à barreaux en bois verni, tous identiques, sont répartis en deux groupes de part et d'autre de la grande pièce. Elle se demande pour quelle raison, espère que l'on ne sépare pas les filles des garçons. Elle posera la question tout à l'heure. Tables à langer, petit matériel, réserve de vêtements, tapis pour enfants, jouets : de vivantes touches de couleur égayent une pièce aux murs et sol blancs. Les plus grands ont aussi leur espace dédié. Là est l'endroit réservé au matériel adapté, pour les enfants souffrant d'un handicap. Elle chasse l'idée de sa tête qu'ils auraient pu être abandonnés pour cette raison. À l'étage inférieur, une grande salle de jeu modulable fait office de salle de classe. C'est ici que des enseignants bénévoles travaillent quotidiennement avec leurs élèves.

Ils prennent place dans la pièce la plus spacieuse, accompagnés des nounous et du personnel. Les plus grands déploient une banderole surprise à l'attention d'Émilie, où son prénom écrit en vietnamien et en français est décoré de lunes rieuses. Un air de musique retentit, créant une ambiance familière de kermesse d'école aux sonorités exotiques d'Asie. Les enfants chantent, dansent, joyeux mais appliqués, bientôt imités par les adultes. Les masques gigantesques font leur apparition, au plus grand plaisir à la fois effrayé et conquis des enfants. La fête se prolonge à l'extérieur, se parachève avec la danse de la licorne. Fruits et gâteaux sont sublimés pendant le pique-nique géant, où les animations se poursuivent jusqu'à la nuit. Non sans difficulté, la jeune femme s'enquiert des histoires de vie de chaque enfant. Communiquant tant bien que mal avec les éducateurs, à mots couverts, elle entrevoit les trajectoires brisées de ces âmes fragiles.

Il la voit songeuse ; sous le clair de lune, elle observe les petites étoiles danser, manger, rire, parfois succomber au sommeil. En passant près des décorations lumineuses disposées ici et là, leurs visages se transforment, elle peut y lire des ombres d'émotions, aussi fugaces qu'impénétrables.

— Mon petit doigt me dit que tu penses à autre chose qu'à la préparation du prochain tournoi de Barcelone, la taquine-t-elle gentiment.

— Quels sont leurs rêves, tu crois ? S'ils en ont. Notre utilité est qu'ils en aient tous un jour, et qu'ils en fassent quelque chose.

— Chacun d'entre eux deviendra quelqu'un, n'en doute pas. Chacun a les ressources en soi. Nous devons juste les aider à prendre un nouveau départ, amorcer quelque chose ; après, ce sera à eux de se réaliser. Commençons par marquer ce jour d'une pierre blanche, lui dit-il, en tendant deux petites boîtes dans sa direction, jusqu'à présent secrètement gardées.

Comme elle l'interroge du regard, il l'incite à les ouvrir sans attendre et en toute sérénité, pointant du doigt celle à desceller en premier. Elle tire du délicat écrin un support en bois précieux magnifiquement décoré.

Prenant à dessein un ton faussement professoral, il enchaîne :

— Fleuron de l'artisanat vietnamien, la gravure des tampons en bois était un art ancestral. Les sceaux utilisés avaient usage de signatures, de marques d'identité personnelle. Quasiment disparue il y a quelques années, la fabrication de ces tampons connaît depuis peu un très fort engouement.

Reprenant une intonation plus habituelle, et tandis qu'elle observe attentivement l'objet, il poursuit :

— Sur celui-ci sont finement gravés tes prénoms vietnamien et français, accompagnés de l'incontournable fleur de lotus, et d'une raquette de tennis. Si tu es OK, ce sera ta signature pour authentifier le livre d'or de l'orphelinat. Une marque indélébile, symbolisant le trait d'union entre deux cultures, l'alliance de la tradition et du monde moderne. Et la deuxième boîte, c'est tout simplement le tampon à mon nom. On n'est jamais si bien servi que par soi-même !

Elle embrasse tendrement le grand frère toujours prompt à la surprendre. Ils se prêtent au jeu des signatures, escortés d'une nuée de bambins s'enhardissant de plus en plus à leur contact. Les sceaux suscitent la curiosité amusée des adultes.

Sur les genoux de la jeune championne, un petit pensionnaire a élu domicile et ne semble pas prêt à en repartir. Ils communiquent à peu de mots. Il la surprend en étreignant sa taille de son seul bras valide. L'émotion d'Émilie est contenue mais profonde, tellement à la hauteur de l'énergie et de la conviction mises dans ce projet. Elle dit à son frère qu'il ou elle aurait pu être ce petit garçon. Ce soir, Arthur est particulièrement en verve :

— Sœurette, à quoi tient la trajectoire d'une vie ? À ses parents, ses origines ? Aux études que l'on fait, aux livres qu'on lit ? Je ne pense pas. Je crois que tout tient aux rencontres, aux découvertes. Moi aussi, j'aurais pu être autre. Un autre garçon. Une fille. Sud-américaine. Danoise. Conçue par fécondation in vitro. Compter dix frères et sœurs. Fondamentalement, l'histoire aurait été la même. Dans la vie, il faut profiter du moindre atome d'oxygène, du moindre pouce de liberté, du moindre centimètre carré de beauté.

Dans quelques heures, ils seront repartis vers un autre chez eux. Nul besoin de s'en faire la promesse : ils reviendront ici. Chaque année.

Le temps a passé. Près de quinze années se sont écoulées depuis qu'Émilie a mis fin à sa carrière de joueuse de tennis. Des titres remportés sur tous les continents. À plusieurs reprises auréolée du statut de numéro un mondiale. Une participation aux Jeux olympiques. Un palmarès de championne qui restera dans l'histoire de son sport. Un corps qui ne l'aura jamais trahie, malgré le rythme irréfrénable des entraînements et de la compétition, malgré la greffe et le traitement à vie. Un indéfectible mental, nourri par une volonté sans faille, quelles que soient les circonstances. Si son moteur n'a jamais été d'être dans la lumière, Émilie Emblard aura réussi ce pour quoi elle s'est en quelque sorte auto programmée : donner le meilleur d'elle-même.

Arthur continue de s'épanouir en tant qu'agent de sportifs. Grâce à sa notoriété, et son carnet d'adresses, on fait même appel à lui ponctuellement dans le cadre d'organisations de grande ampleur, tels que championnats du monde, tournois, exhibitions. Il apporte sa contribution dans le montage des budgets de sponsoring. Lui affirme que ses compétences ne sont pas en cause, on vient le chercher pour son irrésistible sourire plein de charme. Il n'a pas à courir le monde, le monde vient à lui. Même si sa sœur a changé de vie, il veille toujours sur elle : elle reste sa protégée.

Émilie occupe sa retraite sportive en travaillant sur des projets caritatifs en faveur des enfants dans le monde entier. Avec l'appui de son incontournable grand frère. Leur ONG « Les fleurs d'abricotiers » est toujours active. Au fil des années, l'implication constante des frère et sœur a permis à l'orphelinat de remplir pleinement ses missions. Plusieurs dizaines d'enfants ont déjà pris leur envol, forts d'une éducation de qualité ; les meilleures chances de s'intégrer dans la société leur ont été données. Hoàng Mai est l'une d'elles. Un soir, Émilie a reçu un long email signé de la jeune femme. Rédigé en anglais, dans un style particulièrement soutenu. Après l'avoir parcouru, elle a eu envie de le partager avec Manon, sa fille. La sportive retirée des courts a rencontré William durant sa dernière année sur le circuit. Américain, vivant en France, il est entraîneur de tennis. La vie leur a donné une fille, aujourd'hui adolescente de treize ans passionnée de musique. Le terrain de jeu favori de Manon est très éloigné de celui de la petite balle jaune. Son univers est celui d'un instrument à cordes qui ne la quitte jamais : sa guitare. Au quotidien, ses parents luttent sans merci pour obtenir d'elle un minimum d'assiduité dans son travail scolaire, sans quoi la passion dévorante pour les tablatures et les mélodies prendrait toute la place. Le témoignage poignant de Hoàng Mai est un tel exemple d'accomplissement personnel, Émilie tenait à en faire part à Manon.

Ayant vécu l'existence d'une enfant de rue, Hoàng Mai a été recueillie par le foyer à l'âge de cinq ans. Née dans une famille miséreuse, délaissée, elle a été très tôt livrée à elle-même. L'orphelinat a été à la fois sa véritable maison, son école, son monde, le lieu de tous les apprentissages. De façon précoce, elle a montré des dispositions pour les langues étrangères, et l'enseignant en anglais a cru en elle. Ses progrès constants l'ont encouragée à poursuivre dans cette voie. Des moyens financiers mobilisés par le foyer lui ont permis de séjourner à plusieurs reprises dans des pays anglophones. Plus tard, toujours grâce à l'appui de l'orphelinat, elle a décroché une bourse d'études accordée par le gouvernement vietnamien. Diplômée, elle a obtenu un poste de traductrice et interprète au sein du département tourisme de l'une des plus importantes provinces du Sud. Dans son email, Hoàng Mai exprime à Émilie toute sa reconnaissance et sa gratitude. Elle sait combien l'ancienne championne a œuvré, dans le plus total désintéressement, pour que des enfants comme elle reçoivent éducation et instruction, et parviennent à construire une vie par eux-mêmes.

Surgi d'on ne sait où, des profondeurs du ciel, un vent subtil, tiède et puissant se lève soudainement. Ses accélérations font virevolter la poussière d'un sol déjà desséché par la saison. Par instants, redoublant d'ardeur, il soulève les fines particules comme il transporterait les feuilles mortes d'un automne occidental. Des volutes tourbillonnantes forment une brume de sable en suspension, vaporeuse et envahissante. L'apparition du brouillard doré crée un décor onirique, le monde se mue en un autre monde, univers parallèle où le temps se déforme, où l'on ne sait plus si le matin succède à la nuit ou s'il la précède.

Pourtant ancrés dans la réalité du présent, ils sont là tous les deux, cherchant un peu leur place parmi cette foule disparate. Prévenus à temps, une nouvelle fois, ils se sont envolés ensemble pour rejoindre, au plus vite, cette terre d'Asie. Pensaient-ils retrouver un jour cet endroit, ce sol, cette maison, cet étang, plongés dans une atmosphère si particulière ? Ils sont ici pour Minh Tâm. Leur mère a fermé les yeux avant-hier. S'en est allée vers une autre vie, s'est envolée pour rejoindre le monde des sources d'or. Ils ont pu la voir tout à l'heure, à l'intérieur de la petite habitation, près de l'autel dressé pour l'occasion. Émilie, suivie de son frère, s'est recueillie un long moment, brûlant symboliquement quelques bâtons d'encens. Un bonze, présent en la circonstance, puis quelques personnes du village se sont adressés à eux, mais la communication est restée difficile. Les mots n'ont sans doute que peu d'importance.

Émilie se remémore un passage de la lettre que Minh Tâm lui avait écrite. « Nous allons tous à la rivière, mais ne savons pas où elle nous mènera. » Cette immense inconnue de la vie, puis la perspective du passage dans l'autre monde lui inspiraient calme et sérénité. L'idée de devenir elle-même, un jour, une « ancêtre », n'y était peut-être pas étrangère, elle qui vouait aux anciens un culte respectueux et dévoué.

Au vu de leur histoire, le frère et la sœur ressentent cette émotion ambivalente : la peine provoquée par son départ, le délice de l'avoir connue. Ils marchent en tête du cortège hétéroclite qui s'est formé, la bande cérémoniale noire qui enserre leurs bras les distingue comme membres de la famille à part entière. Un long chariot orné de bannières chatoyantes et de couronnes de fleurs les escorte, de petits papiers de couleur sont jetés ici et là sur le chemin. Le vent les disperse, d'un souffle malicieux. Ses caprices sont ceux d'une nature hors de portée de la communauté des hommes.

Un jour, nous quittons la terre, mais elle ne nous quitte jamais. Celui qui est né du sol y retourne. La patine du temps ne saurait altérer tout à fait l'éclat des vies vécues, ni le souvenir des êtres. Main dans la main, Émilie et Arthur marchent en direction du soleil couchant. Au-dessus de leurs têtes, quelques oiseaux épieurs se posent en sentinelles sur les branches en mouvement. Plus haut, la cime des arbres géants, tremblante comme la flamme d'une bougie, fouette l'air inlassablement. L'ombre de leur feuillage les recouvre, leurs sommets s'inclinent en un mouvement de prosternation. Pour celle qu'ils accompagnent : l'espoir d'un nouveau commencement. Pour eux, protégés par l'âme impalpable de celle qui s'envole : une intarissable force de vie, plus résiliente que jamais. L'au-delà voudra bien attendre un peu.

Remerciements

L'écriture est une singulière aventure solitaire, dans laquelle je ne me suis pourtant jamais senti seul. Merci à mes proches pour leur indéfectible soutien, à mes lectrices familiales favorites pour leur regard exigeant et bienveillant.

Merci aux amis qui m'ont inspiré, aux artistes que j'ai pu écouter, lire, aux anonymes que j'ai pu croiser, observer. Tous m'ont apporté de belles couleurs et de subtiles nuances.

Merci à mon éditeur pour son accompagnement au cours de ce voyage.

Je vibre à l'idée que vous puissiez me lire, j'espère que vous aurez vibré à la lecture de ce récit.

Dans la collection Nouvelles Pages

Cent papiers Sans pieds – Tiffany Ducloy
La voltigeuse de Constantinople – Laurent Dencausse
Un aigle dans la ville – Damien Granotier
La tueuse de Manhattan – Pierre Vaude
Voyage au cœur des hémisphères – Dimitri Pilon
Rose Meredith – Denis Morin
Evuit – Jean-Hughes Chevy
Dripping sur tatami – Hector Luis Marino
Après elle – Amy Lorens
Alzheimer mon ami II – Lysie Santi
Marcher à contre essence – Oriane de Virseen
Tuée sur la bonne voie – Erell Buhez
Le dilemme – Gildas Thomas
Et cétéra ! – Denis Morin

Découvrez les autres collections de JDH Éditions

Magnitudes

Drôles de pages

Uppercut

Versus

Les Collectifs de JDH Éditions

Case Blanche

Hippocrate & Co

My Feel Good

Romance Addict

F-Files

Black Files

Les Atemporels

Quadrato

Baraka

Les Pros de l'Éco

Sporting Club

L'Édredon

La revue littéraire de JDH Éditions

Venez découvrir les textes de la revue

**Textes et articles dans un rubriquage varié
(chroniques, billets d'humeur, cinéma, poésie…)**

Suivez **JDH Éditions** sur les réseaux sociaux
pour en savoir plus sur les auteurs,
les nouveautés, les projets…

Inscrivez-vous à notre Newsletter sur
www.jdheditions.fr
Pour recevoir l'actualité de nos nouvelles
parutions